울 밋줄은 진달래

김 리 박 노래 묶음

도서출판 얼레빗

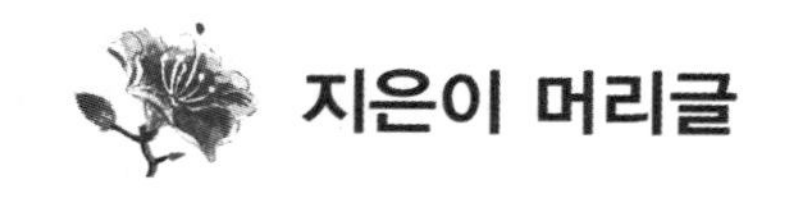

지은이 머리글

한밝 김리박

이 바닥쇠 글 노래(시조)묶음 "울 핏줄은 진달래" 는 밝검(단기) 4338(예수 2005)해 9째 달에 서울 범우사에서 내 준 둘째 치 바닥쇠 글 노래 묶음 "믿나라(조국, 모국)" 를 보태서 넷째 치가 된다.

이 넷째 치 바닥쇠 글노래 묶음의 큰 기둥은 두 해 넘게 "신한국 문화신문(전자판)" 에 이어 실린 바닥쇠 글 노래이고 그 밖에 첫째 치 바닥쇠 글노래 묶음, 둘째 치 바닥쇠 글노래 묶음, 셋째 치 바닥쇠 글노래 묶음, 둘째 치 이야기 글노래 묶음, 셋째 치 이야기 글노래 묶음, 첫째 치 이야기 글노래 묶음 따위 속에서 골라 낸 것들로 꾸며져 있다.

첫째 치 바닥쇠 글노래 묶음 "한길" 은 밝검 4320(예수 1987)해 셋째 달에, 날나라 겨레가 낳은 거룩한 글노랫꾼(시인)이신 돌아가신 강순 스승님의 깊고 뜨거운 사랑과 가르치심 그리고 보살피심을 온 몸에 받아 펴내었다.

둘째 치 바닥쇠 글노래 묶음 "믿나라" 와 그 뒤에 찍어 낸 셋째 치 바닥쇠 노래, 둘째 치 이야기 글노래 묶음 "견직비가" , 셋째 이야기 글노래 묶음 "봄의 비가" , 첫째 치 이야기 글노래 묶음 "삼도의 비가" 들과 첫째 치 바닥쇠 글노래 묶음 "한길" 을 견주어 보면 곧 알 수 있는 바와 같이 첫째 치 "한길" 은 되나라 꼴글 말이 아주 많다고 하겠다.

이것은 아주 부끄러운 일이지만 이 지은이가 그때까지만 해도 바닥쇠 글노래의 알짬을 잘 틀어 쥐고 있지 않고 있었다는 밝힘이며 또한 우리 한겨레의 얼누리(문명)와 얼살이(문화)를 익혀 지니지 않았다는 밝힘이기도 하다.

우리 바닥쇠 노래와 글노래는 우리 한겨레의 긴 해적이(역사)와 내림줄기(전통)의 아름답고 씩씩하고 슬기로운 알속일 뿐 아니라 얼과 넋과 피와 살과 뼈와 심줄이 된 삶이니 따라서 맘누리는 외침이요 즐거움이요 슬픔이요 부아요 삶이 가득찬 말 그대로 값 넘치는 겨레 죽살이(인생, 운명)이기도 함은 두루 알려진 일이다.

그러기에 이 "울 핏줄은 진달래" 에 실린 글노래들을 담는 말은 다 바닥쇠 말(토박이 말)이어야 하고 또한 적을 글도 되나라 꼴글 말(한자어) 이 섞일 것이 아니라 거룩한 한글로만 적히는 말글이어야 한다는 굳믿음(확신, 신념)이 이 지은이의 목숨이 되고 있었으니 첫째 치 "한길" 과는 아주 다르게 지어진 것들이다. 그러니 이 넷째 치 묶음에 드문드문 끼여 있는 첫째 치 "한길" 에 실린 되나라 꼴글말들은 모조리 우리 바닥쇠 말로 바로 잡아 실었다.

이 지은이는 3살 적, 곧 짜게 억눌림 띠때(일본 식민지 통치 시대) 에 섬나라로 끌려 온 한겨레의 아들이기에 믿고장 사랑과 생각이, 좀 건방지게 말하면 믿나라 겨레보다 맑고 뜨거워 저절로 바닥쇠 글 노래의 으뜸가락(주제)은, 나라 사랑과 뒷마(남북) 겨레 사랑 그리고 한말글 사랑으로 쏠려 가, 따라서 큰 바람(소원, 기원, 희구)은 하나된 믿나라요 한 뜻, 한 마음이 된 품앗이 한겨레이다.

따라서 모든 글노래가 그 한겨레 얼넋(영혼)에 따라 지어진 것이지만 만(재주)과 솜씨가 제대로 갖추어지지 않아 그 마음과 뜻의 높이와 깊이와 넓이들이 덜되고 서투르고 반지빠른데가 있다 하겠다. 너그럽게 받아 주셨으면 한다.

이 바닥쇠 글 노래를 찍어냄에 있어서 문학박사이시고 지난날 건국대학교 버금 총장이시던 김승곤 스승님과 한글학회 앞 으뜸 어른이시던 김종택 박사님께서 몸소 기림월을 주시었다. 깊이 머리 숙여 고마움을 삼가 바쳐 드린다.

또한 시인이시며 날나라 얼살이(문화) 거룩한 암이(여성) 선비이신 한꽃 이윤옥 박사님께서는 엮음과 말본 바로 잡이를 달게 맡아 주셨으니 그 고마움을 이루 다 말할 수 없다.

또한 일본 텐리(天理) 큰배곳(대학교) 오카야마 젠이치로(岡山善一郎) 교수님은 글노래 묶음을 펴낼 때 마다 부추겨 주시어 머리글을 보내 적어 주시었는데 이 치도 다시 머리글을 적어 보내 주시었다. 깊은 고마움을 바친다.

그리고 "날마다 쓰는 한국문화 편지(전자편지)" 의 보낸이와 "신한국문화신문(전자판)" 펴낸이와 꾸밈이로 계시는 한갈 김영조 어르신은 바쁘신 속을 마다하지 않으시고 줄곧 달라 붙어 주시었고 뒷글 기(발문)를 써 주시었으며, 이무성 화백님은 날미 꾸밈(장정)을 해 주시었고 끼울그림(삽화)을 달게 그려 주시었다. 깊은 고마움을 바친다.

끝으로 이 "울 핏줄은 진달래" 를 찍어내는데는 높은배곳(고등학교) 또래인 추만선 군이 큰 띠앗을 배풀어 주었다. 고맙게 여기고 있다.

또 큰배곳 또래인 이장호 박사는 글노래 묶음을 펴낼 때 마다 많은 도움을 베풀어 주었는데 이 치 펴냄에도 뜨겁게 벗사랑을 베풀어 주었다. 고마움을 적어 둔다.

밝검 4349(예수 2016)해 5째달 하룻날

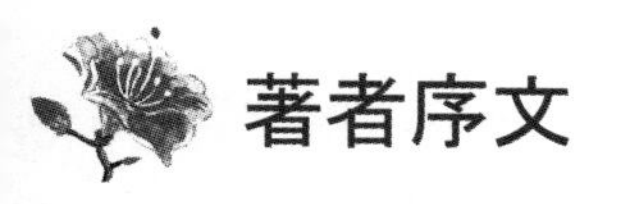

著者序文

ハンバク 金里博(キムリバク)
訳：秋山一郎

この時調集・「永遠の躑躅(つつじ)」は檀紀４３３８（西暦2005年）年の９月、韓国ソウルの「凡友社」から出版された第三時調集「国覓(くにまぎ)」を加えると４冊目になる。

この４冊目時調集の大きな柱は、二年以上に渡って韓国の「新韓國文化新聞（電子版）」に連載された時調作品群であり、その他に第一時調集、第二時調集、第三時調集および第三叙事詩集、第二叙事詩集、第一叙事詩集等の中から選んだものから構成されている。

第一時調集の「한길（一途）」は檀紀４３２０（西暦1987）３月に、在日同胞が生んだ偉大な詩人である故姜舜(カンスン)先生の深く熱い師弟愛とご指導、そして心遣いを頂いて上梓する事が出来た。

第二時調集「国覓(くにまぎ)」とその後に韓国で出版された第三時調集と第一時調集「한길（一途）」、第二叙事詩集「牽織悲歌」、第三叙事詩集「春の悲歌」、第一叙事詩集「三島の悲歌」とを比較すると歴然と解る事は第一時調集には漢字韓国語が圧倒的に多いと言う事だ。

それは時調歌人として恥ずかしい告白だが、その当時まで時調の本質をよく掴めていなかったという証(あかし)であり、また祖国である韓国の文明や文化を生半可に理解していたという証明でもあると言える。

韓国の時調と詩は韓民族の悠久な歴史と伝統の中で、美しく、力強く、豊かな内面世界であるばかりではなく魂魄と血肉と骨と筋になっている生であり、それゆえに、精神世界は「喜び」、「怒り」、「哀しみ」、「楽しみ」、「命」が満ちあふれている文字通り輝かしい民族文化遺産であることは広く知られている。

だからこそ、この「永遠の躑躅」に載せられた時調を包む言葉は全て漢

語ではない固有韓国語でなければならず、文字も漢字混ざりではなく、ハングル以外では表記できない言葉や文字は一切使わないといいう信念に基づいて創作したので第一時調集「한길（一途）」とは大きく違った作品群と言える。今回の第四時調集の所々に載せられている作品には第一時調集「「한길（一途）」の中の作品を見ることが出来るが、それら漢語を今回は全て固有韓国語に正して載せたものである。

筆者は数え年三歳の時、すなわち日本の植民地統治時代に大日本帝国の強制的「徴用令」に基づき日本に渡ってきた在日子孫だからこそ故郷への愛と思いは、少々傲慢な言い方だが本国の同胞よりも清く熱く、それ故に自然に時調の主題が国への愛や、南北同胞への愛、そして韓国語・ハングルへの愛に傾けられた。それは筆者の最も大きな願いが一にも二も統一祖国であり、一つの民族となった韓民族だという信念の表れである事を意味する。

よって、この時調集の全ての作品がその信条と霊魂に基づいて創作された事には違いないが浅学非才の故に、それらの信条と霊魂の「高さ」、「深さ」、「広さ」の表現が充分ではない未熟な作品と言えよう。読者諸氏に叱咤激励をお願いしたい。

今回の時調集上梓に際し、韓国の建国大学元副総長キム・スンゴン博士と韓国ハングル学会前会長キム・ジョンテク博士から祝いのお言葉をいただいた。望外の喜びで深く感謝している。

また、女性詩人であり著名な日本文化研究者であるイ・ユノク博士には編集・校正の両面にわたり大変お世話いただいた。感謝しきれない。

また、天理大学の岡山善一郎教授は筆者の作品集上梓の度に激励を込め序文を寄せていただいているが今回も序文を寄せていただいた。深く感謝している。

また、「新韓国文化新聞（電子版）」の発行・編集人キム・ヨンジョ先生には公私共多忙にも拘わらず初頭から最後まで出版を進めていただいたばかりではなく跋文まで寄せていただいた。感謝に堪えない。そして今回、韓国画の重鎮イ・ムソン画伯に立派な装丁をしていただいたばかりではなく韓民族情緒溢れる挿画をも描いていただいた。熱く感謝している。

末尾になったが今回の時調集「永遠の躑躅」上梓に際し高校時代の同級生の秋萬先(チュマンソン)君には物心両面に渡り熱い友情をいただいた。感激に堪えない。

また、大学の同窓生である李章鎬(イジャンホ)博士には作品を上梓する度に大きな友情をいただいており今回もいただいた。感謝を捧げたい。

檀紀4349(西暦2016)年 4月19日

축사

애국시인 한밝 선생!

김 승 곤
(전 건국대학교 부총장, 문학박사)

세상에 나라사랑의 길은 많겠지마는 가장 으뜸인 것은 제 나라 말글을 사랑하는 것이 나라사랑의 근본인 것은 온 누리 역사가 증명하는 바이다. 세계적인 언어학자 예스퍼선은 '언어가 시나 문학이 된다고 하면서 겨레의 정신은 그 언어에서 찾을 수 있다' 하였고 '교양인의 언어는 우아하고 세련된 것' 이라 하였다. 이 말을 가장 알맞게 실천하고 있는 분은 바로 한밝 선생이시다. 선생은 한자를 '되나라 글꼴' 이라 하여 그의 모든 시에서는 한자말을 하나도 찾아볼 수 없다.

오늘날 쿠르드족이 독립을 부르짖으며 투쟁하고 있는 까닭은 그들 언어가 살아 있기 때문으로 말과 겨레는 떼려야 뗄 수 없는 관계에 있는 것이다. 한밝 선생은 자신이 왜 우리말을 사랑하는가를 다음과 같이 말하고 있다. "무릇 말은 바르고 곱게 쓰면 쓸수록 고와지는데 하물며 우리 바닥쇠말은 골라서 쓰면 쓸수록 늘어나고 다듬어지고 깊어지고 높아지고 밝아지니 주시경 스승님께서 가르치신 바와 같이 말이 오르면 나라가 오르고 말이 내리면 나라가 내리는 것이다" 라고 하면서 그 가르침을 그대로 실천하고 있는 보기 드문 애국시인이다.

우리도 그러한데 특히 섬나라에서 고통스럽게 살아온 한밝 선생이야말로 누구보다도 나라사랑의 정신이 세차게 솟구쳤을 것이다. 한밝 선생은 우리 말글을 일본에 널리 퍼뜨리기 위하여 한글 강좌를 통해 재일동포와 일본인들에게 한국어를 강의 하면서 한글의 우수성을 힘주어 알리고 있다. 또한 한글학회 일본 간사이지회장과 재일본문인협회 회장직을 맡으면서 많은 일본인들에게 한글 시를 지도하여 널리 배달겨레를 드높이고 있다.

한편 히라가타시 교육위원회 조선어교실과, 류코쿠대학교 코리어강좌, 간사이대학교 비교지역 문화강좌를 맡아 가르치면서 우리말글의 세계화에 애쓰고 계신다. 특히 선생은 날나라에서도 한복을 입고 다님으로써 자기가 한국인인 것을 자랑으로 삼는다. 중요한 행사가 있을 때에는 더 정중하게 두루마기 차림으로 참여하여 한복이 예복임을 입증하곤 한다. 한국의 정신은 한국의 옷에서 우러나온다는 것을 알고 몸소 실천하고 있는 것이다.

아울러 한국적 냄새가 듬뿍 풍기는 선생의 시에서 기리고 싶은 것은 북한 겨레에 대해서도 사랑과 근심으로 노래하는 대목이 많은가 하면 조국 통일의 염원도 빼놓지 않고 주제에 포함시키고 있어 감동스럽다. 이는 나라 안의 시인 가운데 이런 시를 쓴 사람을 본 적이 없는 나로서는 감격하지 않을 수 없다. 북녘 땅도 같은 우리나라이기 때문에 선생의 나라사랑에 대한 정성이 그곳까지 미치지 않을 수 있으랴! 애국시인으로서 면모를 다시 한 번 알아볼 수 있게 한다.

나라사랑과 부모사랑은 통하는 법, 선생은 효자이기도하시다. 그것은 어머니와 아버지에 대한 효심을 노래한 시를 보면 알 수 있다. 일찍 돌아가신 어머니, 죽어서도 조국땅이 아닌 일본땅에 묻히신 것을 못내 안타까워하는 시는 읽는 이로 하여금 가슴을 뭉클하게 한다. 부모 없는 사람이 있으리오마는 선생의 선친께서는 애국자이셨다. 그 정신을 후손들에게 가르쳐야 하겠다고 다짐하는 시를 읽을 때는 우리들로 하여금 올바른 자녀교육에 대한 새로운 가르침을 주는 듯하여 마음의 부끄러움을 느끼게 한다. 우리나라에서 대부분의 부모들은 자녀가 공부 잘하여 출세하기를 권하지 나라사랑 정신을 가르치는 경우는 드물기 때문이다.

한밝 선생이 이번에 펴내는 시집은 1980년 무렵부터 2016년 올해까지 발표하였던 많은 시를 집대성한 것으로 그 소재도 다양하다. 예를 좀 들어 보면 조국, 무궁화, 남북분단, 조국통일, 고향생각, 조국에 대한 그리움, 부모에 대한 효심, 자녀교육에 대한 마음가짐, 북녘 동포, 자기 자신에 대한 노래 등등 하나하나 다 예를 들 수 없을 만큼 많은데 한밝 선생 시의 소재는 어떤 다른 시인이 생각하지 못하는 것으로 모두가 애국이요, 가족에 대한 사랑이다. 꽃도 무궁화를 비롯하여 진달래, 한국 소나무 등 모두가 조국사랑이란 말로 요약 할 수 있다.

선생이 역경을 딛고 한평생 동안 써온 시가 이번에 환히 꽃을 피우게 되니 선생은 물론 주변의 우리들도 기쁘기 한이 없다. 모쪼록 이번 시집이 많은 사람은 물론 문인들에게 읽혀 우리 모두가 애국에 살고, 우리말과 글을 사랑하여 세계가 우러러 보는 무궁화동산을 만들었으면 하는 생각 간절하다. 거듭 한밝 선생의 정신이 뭉뚱그려진 시집 간행을 축하하면서 앞으로도 좋은 시를 거듭 쓰시어 겨레 정신을 일깨워 주시기를 바라면서 끝을 맺는다.

(2016. 4. 18)

祝辞

熱く国を愛する時調歌人・一明（ハンバク）氏

キムスンゴン（元 建国大学副総長・文学博士）
訳：秋山一郎

世の中には国を愛する途は種々有るが、その中で最も熱い真（まこと）の愛は自国の言語を愛する事こそが国への愛の大柱（おおはしら）で有ると、古今東西の歴史が明らかにしている。世界的な言語学者であるイェスペルセンは「言語が詩や文学になる」と述べながら、「民族の魂魄はその言語に宿っている」、「知性人の言語は上品で精錬されている」と述べた。

この言葉を最も忠実に実践している詩人の一人が他ならぬがキム・リバク氏と言えよう。氏は漢語を「中国象形文字」と表現し、氏の全ての創作の語彙は固有韓国語でない漢語は一字と雖も使用してはいない。

現在、中東のクルド族が「独立」を叫びながら闘っている根拠は彼らの言語が生きている証明であり、言語と民族は不可分の関係にあると言えよう。

キム・リバク氏は、私が何故に韓国語を愛するのかという理由を次のように述べている。「総じて、各々の民族語は正しく美しく使えば使うほど秀麗になっていく、ましてや漢語ではなく固有韓国語は巧みに使いこなし、自家薬籠中の物として使えば使うほど多様になり、整理され、深化され、崇高になり、広大になり、精錬されるので、近代韓国語研究の父である周時経先生のお言葉どおり、“言語が進化・発展すれば国力が上がり、言語が劣化疲労すれば国力も下がる”」と語りながら周時経先生のお言葉通りに実践している稀な国を愛する詩人だと言えよう。

亡国の民を強いられ苦難の生を営んで来た我々も国と民族を熱く愛して来たのだが、特に大日本帝国時代に強制連行された子孫のキム・リバク氏は誰よりも国を愛する心を抑えられなかったように思える。

氏は韓国語を日本と日本人に広く学んで貰おうと韓国語講座を通じて

在日韓国人と日本人に韓国語の授業や講義を行いながらハングルの優秀性を強調している。また、ハングル学会日本関西支会の支会長と在日韓国文人協会の会長職を担いながら多くの日本人にハングル詩を紹介し創作アドバイス行い韓国の品位を高めている。
また、昨年に定年退任するまで枚方市教育委員会朝鮮語教室と一昨年定年退任した龍谷大学コリア語講座、四昨年に定年退任した関西大学比較文化講座で講義しながら韓国語の世界普及にも尽力していたことが知られている。
特に、氏は日本でも数少ない韓服愛着者で、それは恐らく氏自身が韓国人としての誇りを表している所行であろうと思える。公式あるいは公的な場所での韓服着用を欠かした事がないのは韓服が礼服であることを自ら示していると思え、韓服にも韓国魂が染みこんでいるとの自覚から進んで模範を示していると解釈出来よう。
合わせて、今回の作品群を読み思える事と、韓国的芳香が豊かな時調作品の中で感銘深かったのは北朝鮮同胞に対しても同情と気遣いが多い事、および南北統一の願いも除外する事のない主題に含めており感動を覚える。この事は韓国国内の詩人の中にこのような詩を書いた詩人を未だ目にしていない私としては感銘を覚えずにはいられなかった。北朝鮮の地も同じ祖国だからこそ氏の国を愛する真心が北朝鮮の同胞にも手を差し伸べなければならなかったのだろう！国を愛する詩人の姿と心を改めて知らしめてくれる。
国への愛と父母への愛は相通ずるのであり、氏は孝行息子でもある。それは、亡き父母に対する思いを歌った作品を読めば知り得る。三十数年前に身罷り、故郷ではなく異国日本に埋められたのをいつまでも切なく思っている心情を歌った作品は読む人をして胸をジンとさせる。父母を身罷った人は多いが、氏の亡き父君は国への愛が熱い人だったようだ。その心を孫たちに伝えなければと誓う作品を読むと我々は子や孫に対し正しい訓育を示唆しており面はゆさを感じている。韓国において多くの父母は我が子が熱心に学び立身出世を煽り立てる事は有っても国を愛する心を教えるのはさほど多くないからだ。
キム・リバク氏が今回上梓する時調集は1980年頃から2016年の本年迄に発表した多くの時調を集大成したものでその題材も多岐多様だ。列挙すると祖国、無窮花、南北分断、望郷、祖国への愛、父母に対する孝行心、我が子の教育に対する心構え、北朝鮮の同胞への思い、自分自身の歌等々で多く個々の作品を挙げるに困難なほど多いがキム・リバク氏の素材は韓国の他の詩人が想い浮かべられないもので、全てが国を愛する歌で有り家族愛に充ちている。花も無窮花を始めとして躑躅等全てが祖国愛という言葉でまとめる事が出来る。
氏が逆境にめげずにその生涯で創作して時調が今回見事に開花し氏は勿論、友人としての我々も喜びに堪えない。願わくば今回の時調集が多くの人々はもとより文人たちに読まれ我々が国を愛する心で生き韓国語とハングルの愛し全世界が仰ぎ観る無窮花の国を作り上げればという気持ちが強い。重ねてキム・リバク詩人の魂が内包している時調集刊行を慶賀し今後共更に優れた時調を創作し韓国魂を呼び覚まして頂きたく祈念しながら祝辞に代えさせて頂く。

(2016.4.18)

축사

재일동포의 뜨거운 얼을 노래하는 시인

김 종 택
(전 한글학회회장, 문학박사)

한글학회 정회원이며 재일동포 시인이요, 시조작가인 한밝 김리박 씨가 4번째 시조집 "울 핏줄은 진달래" 를 상재한다고 들어 몇 마디 소감과 축사를 적는다. 한때 시조에 관한 연구를 하여 논문을 발표한 일도 있는 나로서는 이번 4번째 한밝 김리박 씨의 시조집 상재가 여간 기쁜 일이 아니다.

한밝 김리박 씨는 3살 때, 징용으로 일본오사카 "구보타제철소" 로 끌려간 지아비를 좇아 사나운 현해탄을 건넌 어머니 등에 업혀 일본땅으로 건너간 경위를 갖고 있는 시인이다.

그간 72년이나 타향살이를 하면서도 벌써 시조집을 4권이나 출판했다는 것은 기쁜 일일뿐 아니라 놀라운 일이 아닐 수 없다. 김 시인을 만나 이야기를 나누면서 그가 지사(志士)로서의 삶을 살아온 시인임을 새삼 느꼈다.

김리박 시인의 일본 생활은 올해로 무려 72년째이다. 상황이 이렇다 보니 어릴 때 배운 우리말글을 많이 잊었거나 서투를 것인데 그렇지 않다. 오히려 한국인보다 더 정확한 언어를 구사할 뿐 아니라 시조까지 짓고 있으니 참으로 놀라운 일이고 개인적으로도 존경할 만한 일이 아닐 수 없다.

고국에서도 시조창작은 쉬운 일이 아니지만 하물며 남의 나라에서 긴 역사와 전통을 가진 시조를 스승도, 지도자도 없는 환경 속에서 독학으로 배우고 익혀서 창작한다는 것은 여간 힘든 일이 아니었을 것이다. 그럼에도 절차탁마하여 고국에서는 볼 수 없는 발상과 감성을 쌓으면서 창작을 계속해서 이번에 4번째 시조집 "울 핏줄은 진달래" 를 출간한다는 것은 칭찬할만한 일이다. 새삼 찬사를 보낸다.

그의 작품을 통해 면면히 흐르는 것은 그 어누 누구도 품지 못한 애국적이며 지사적인 비범한 창작 감각이라고 할 수 있다. 이번 출간한 책을 한국과 일본의 많은 독자들이 읽어 고난의 역사를 살아온 재일동포들의 삶을 이해하고 그들에 대한 새로운 인식을 갖게 되길 바란다. 이 시조집을 통해 물질의 풍요 속에서 시들어가는 우리의 정신세계가 맑아지고 더욱 풍요로워 질 것을 믿는다.

나는 앞으로도 한밝 김리박 시인이 더욱더 정진하여 깊이 있는 시조와 시로 한국문학사에 큰 획을 긋는 작가로 남을 것을 굳게 믿으며 축사로 대신한다.

(2016. 4. 20.)

祝辞
在日コリアンの熱い魂を歌う詩人

キムジョンテク（前ハングル学会会長, 文学博士）
訳：秋山一郎

ハングル学会正会員であり在日ハングル詩人であり時調作家でもあるキム・リバク氏が四冊目の時調集「永遠のつつじ」を上梓するというのを聞き二～三の所感と祝辞を述べたい。

壮年の頃、韓国の伝統定型詩「時調」を研究し論文も発表したことのある私はキム・リバク氏の時調集上梓は大きな喜びである。

氏は１９４４年の春、数え三歳の時、徴用令により大阪の久保田製鉄所に強制徴用された夫を追う母の背に負われ、姉と共に波荒い玄海灘を渡った経緯を持っている。

その後、７２間年にわたり日本に在留しながらも伝統定型詩の時調集3冊の出版をみたと言う事はとても喜ばしいと同時に驚かずにはいられず、会って話を交わしてみると非凡な志士的時調歌人であると共に才有る詩人で有る事を改めて実感出来た。

在日生活７２間年の歳月の中で、多くの在日同胞が幼い頃に身につけた韓国語とハングルの殆どを忘れたか聴くに堪えない状況に置かれるのが通例なのだが、彼は個々の発音も語彙も抑揚も我々本国人と殆ど変わりなく話し、その上、伝統定型詩である時調を創作していることに大きな驚きと同時に稀なことなので私は高く評価している。

韓国本土に於いても時調の創作は気安く創作出来るものではないのだが日本在留が多長期にわたっていれば一世と言っても殆ど二世に近い氏が伝統的内容と形式を有する時調を、師も指導者も探し得ない状況の中で、独学で学び、深めて行きながら創作するという作業は困難を極めただろうが、その困難を自らに鞭打ちながら切磋琢磨し本国では見られない在日独特の発想と感性を積み重ね研ぎながら創作を重ね今回4

冊目の時調集「永遠のつつじ」を上梓したことに驚嘆を禁じ得ない。改めて賛辞を贈りたい。

したがって、彼の作品の何編かを読んでみただけで熱く国を愛する志士のような非凡な時調創作感性と技巧を垣間見る事が出来、国内外の多くの韓国人がこの作品集を読むと在日韓国人にも伝統定型詩を創作出来る歌人が存在すると認識を新たにすれば読者は在日韓国人に対する認識を新たにし、精神世界や心的世界がより広がり豊になると確信する。

私は今後共キム・リバク歌人がより一層切磋琢磨し優れた時調作品を創作し韓国文学史に寄与すると確信し祝辞に代えたい。

(2016. 4. 20.)

談。文責(キム・チャンオン)

서평

오늘은 비록 흙물 속에 갇혀있지만 내일은...

이 윤 옥
(시인, 한일문화어울림연구소장)

빛되찾은 그나날에 네 살의 아들놈은
미친 듯 울고계신 아버지를 쳐다보며
겨레의 참빛되찾은 그기쁨을 새겼도다
–첫째매 넷째가름 둘째쪼각 '아버님생각' –

시인 나이 네 살, 그 천진난만한 어린 가슴에 '겨레의 참빛 되찾은 아버님의 그 기쁨' 을 알 수 있었을까? 알 수 없다. 아니 알 길이 없는 노릇이다. 아버지가 두 손에 쥐어주던 알사탕도 기억 못할 그 어린 나이에 시인의 조국은 광복을 맞았다. 얼마나 기뻤으면 아버지는 미친 듯 울고 계셨을까? 어린 마음이지만 그날의 아버지 모습은 일흔이 된 시인의 뇌리에서 떠나지 않고 시가 되고 노래가 되어 누에고치가 실을 뽑듯 풀려나온다. 만일 그해 시인이 열네 살만 되었어도 아니 스물넷만 되었어도 아버지의 그 미칠 듯이 기쁜 모습은 그렇게 오래 뇌리에 새겨지지 않았을지 모른다. 아버지 나이와 멀어질수록 아버지의 일거수일투족은 이해할 수 없는 골짜기요, 뫼며, 심연이다. 이해 할 수 없기에 신비하고 신비하기에 더욱 그리웠을 것이다. 그런 아버지가 강제연행으로 끌려와 35년간을 왜놈땅에서 살다 가셨다. 죽어서도 고향땅으로 돌아가지 못한 아버지를 그리는 시인의 가슴은 이미 천갈래 만갈래로 찢어져 있다.

끝끝내 앙버티여 고장을 안찾았고
섬나라땅 흙속에 묻히시고 말았구려
끌려가 서른다섯해 남땅바람 쌀쌀하리
– 둘째쪼각 '아버님생각' 2–

그러나 언제까지 슬픔에 잠겨 있을 수만은 없다. 그래서 시인은 소나무처럼 마음을 가다듬고 푸른 삶을 다시 읊는다. 소나무처럼 꿋꿋이 살고자 다짐한다. 그것이 가당할지 모르지만 시인은 이를 악문다. 아버지 손에 끌려 다다른 땅, 이미 아버지는 고인이 되고 헛헛함만이 남은 땅에서 홀로 살아가야하는 시인의 삶은 팍팍하다. 문득 그것을 깨달을 때 소나무 뿌릴지언정 껴안고 살아가야 하는 것이 그의 운명이다.

꽃부린 안고와도 길이길이 푸르르니
가담의 므리라 참선비는 아는거라
이몸도 소나무처럼 꿋꿋이 살리라
–둘째매 첫째가름 '소나무' –

소나무를 노래하는 시인은 절대 절망하지 않는다. 낙담도 하지 않는다. 비록 그의 마음이 어둡고 스산할지라도 그는 내색하지 않는다. 그의 꿈이 하찮은 일신의 영화에 있지 않기에 그는 참을 수 있다. 그의 높은 꿈은 조국이며, 그의 궁극의 노래 역시 조국이다. 시인의 노래 속에는 '조국' 이 빠진 적이 없다. 쪼개진 조국 말고 하나 된 조국 말이다.

으뜸아침 돋았으니 올해야 밝을건가

첫물떠서 세거룩께 올려드려 바쳐서
한겨레 뭍바다 땅 하나됨을 비나이다
– 둘째매 첫째가름 '으뜸아침' –

울핏줄은 진달래요 벚꽃은 아니라고
아들딸을 사랑담아 가르치고 키우셨고
남땅서 눈감으셨건만 죽살이는 참이었네
– 둘째매 넷째가름 '울핏줄은 진달래요' –

봄이면 먼저 섬나라 천지를 뒤덮는 벚꽃 속에서도 시인의 가슴엔 겨레꽃 진달래가 피어난다. 영변의 약산 진달래꽃이 아니라 교토 후시미의 진달래라도 좋다. 진달래는 겨레의 핏줄이며 넋이요, 혼이다. 그것은 남몰래 감추고 보는 꽃이 아니고 아들딸에게 가르친 꽃이며 아버지가 시인에게 남긴 꽃이기도 하다. '꽃내음 밀어오는 아름다운 봄밤에 / 한아름 진달래안아 갈쪽을 우러른다' 시인은 '넷째가름 어머님생각(1)' 에서 진달래 한아름을 안고 갈쪽을 우러른다고 했다. 꽃멀미 나는 향기로운 봄밤에 고향 창원을 단걸음에 내딛고 싶은 마음이 왜 없으랴. 날틀을 잡아타면 한걸음에 내딛을 수 있는 고향이 아니던가! 잃어버린 고향 때문일까? 서러운 남의 땅 살이의 슬픔 때문일까? 유달리 시인의 노래 속에는 '봄' 이 많이 등장한다.

봄철은 왔건만 차고진 꽃샘이니
어느때 꽃옷을 입어서 춤을출까
남나라 꽃놀이에 눈물이 돋는다
–넷째가름 둘째매 봄노래 '하늘' –

남땅서 귀빠져도 사랑스런 다달들은
시나브로 맘깎여 믿고장은 멀어지니
죽어서 무엇이될까 한숨 쉬는 이몸이라
–둘째매 다섯째가름 47. 봄노래 '뒷핏줄' –

얼, 겨레, 고향땅 말고 시인에게 빼놓을 수 없는 정서가 있으니 그것은 '통일' 이다. 시인은 자유롭게 남과 북을 날아다니는 '철새' 마저도 부러워한다.

철새는 기쁠거야 믿고장 왔다갔다
겨레는 슬프네 못오가는 믿나라
빨리들 그날이 와라 늙어가는 이몸이니
–둘째매 열한째가름 '철새' –

못가는 된짝이요 못오는 마짝이니
몇해면 서른해를 날달이 쉷고쉷네.

어느때 된마함께 춤추고 노래할까
어느때 하늬새를 밭갈이 하올손지

끊겨진 쇳길끝을 핏방울 뚜욱뚜욱

기름진 땃줄땅은 풀떼만 우거지니
하늘의 소리개도 늙기만 하여서라
– 넷째매 긴바닥쇠노래 '한길' –

날짐승, 길짐승도 오고 가는 데 유독 사람만이 발길을 끊고 산지 어언 반세기, 끊겨진 쇳길끝을 핏방울만이 뚜욱뚜욱 떨어지는 현실은 딱히 시인만이 서러운 게 아니다. 북에 가족을 둔 남쪽 사람이나 남에 가족을 둔 북쪽 사람이나 서럽고 아쉽고 형제자매가 그립기는 매한가지다. 그러나 더욱 슬픈 것은 남과 북 그 어느 곳에서도 가족의 이산과 아픔을 노래하지 않는다는 것이다. 아무도 분단을 슬퍼하지 않는다. 다만 교토의 시인 한밝, 그 혼자서 이 무거운 침묵을 깰 뿐이다. 유독 그 혼자서 분단의 쓰라림을 읊고 있다. 아버지가 한스럽게 죽어간 땅, 그 고독한 땅 삼도(일본)에서 오늘도 그는 우주의 짓누르는 무게를 홀로 떠받치며 죽지 않고자 발버둥 친다. 시인이 모두 죽은 이 땅과 그 땅에서 말이다. 그래서 그의 노래는 늘 우리의 마음 깊은 곳에서 그칠 줄 모르는 샘물처럼 살아나는 것이리라.

(2016. 4. 8)

序文

たとえ今日は泥の中に囚われていようと明日は…

李閏玉（詩人, 韓日文化調和研究所長）
訳：秋山一郎

祖国が解放された昭和二十年八月十五日のその日、四歳の子は
狂ったように泣いていた父を仰ぎ見ながら
独立の光を取り戻した韓民族の喜びを心に刻んだ
（第一篇 第四章 第二項「父への思い」）

詩人は数え四歳、その天真爛漫な幼年の胸に「韓国人・朝鮮人の解放を得た父のその感激」を知り得ただろうか？いや、知れ得なかったと言えよう。知り得ることが出来なかったといえる。父が両手に握らせてくれたあめ玉も記憶にないその幼年期に詩人キム・リバクの祖国は解放された。どれほどの大きな喜びだったがゆえに、父は狂ったように泣いていたのだろうか？幼い子の心だったが、その日の父の姿は古稀を迎えても詩人の脳裏から離れず詩になり、歌になり、蚕の繭（まゆ）から糸が紡がれるように出てくる。もしその年に詩人が十四歳であったらなら、いや、二十四歳であったとしても父のその狂ったような喜びの姿を今日まで長く脳裏に刻んでいなかったかも知れない。父との年齢差が離れるほど父のその一挙手、一投足はとうてい理解出来ない頂きで有り、独峰で有り、深淵だ。理解出来ないからこそ神秘に満ち、神秘に満ちているからこそより懐かしく思うのだ。そのような父が徴用で強制連行され三十五年間も異国日本での生を閉じた。死してもなお故郷に帰られなかった父を懐かしむ詩人の胸はすでに千々に裂かれている。

最期まで頑として故郷を訪ねず
日本の土に埋もれてしまった父
連行され三十五年、他国の風は冷たく切ない
(第一篇 第二章 第二項「父への思い」2)

しかし、いつまでも悲しんでばかりではいられない。やがて詩人は松のように気持ちを立て直し常緑の生命を再び詠む。松のように気丈に生きようと決心する。それが妥当なのかどうかは解らないが詩人は歯を食いしばって頑張る。
見えない父の手に引かれて踏んだ故国の地、すでに父は故人となり愛の餓(かつ)えだけが残っている地で父無き生活を営まねばならない詩人の人生は無味乾燥の世界だ。ハっ、としてそれを感じた時、例えそれが松の根だったとしてもしっかり抱いて生きることが詩人の運命なのだ。

花弁は美しくなくとも常に青々としている
それこそが将兵の命なのだと真(まこと)の益荒男は知っている
この身も松木(しょうぼく)のように雄々しく生きたい
(第二篇　第一章 「松」)

松を歌う詩人は如何なる事があっても失望しない。落胆もしない。たとえ彼の心が暗く荒涼としていても彼はそれを表情に表さない。彼の夢が取るに足りない一栄華でないからこそ彼は耐える事が出来る。彼の夢は祖国であり、彼の究極の歌もまた祖国だからだ。詩人の歌の中に「祖国」は外れた事がない。分断された祖国ではなく統一された祖国だ。

元旦の陽が明るく昇った、今年は明るいだろうか
若水(わかみず)を汲み三聖神に捧げ
韓民族の山川海陸が一つになるように祈る
(第二篇　第一章 「元旦」)

「我らの血筋は躑躅（つつじ）、桜ではない」と生前の父母
息子娘を愛おしみ育てたが
異国日本の土に埋められたが躾には厳しかった
（第二篇　第四章 「我らの血筋は躑躅」）

春が来れば最初にこの日本の津々浦々を覆う桜の下にも詩人の心には民族の花・躑躅が咲き綻（ほころ）ぶ。寧辺薬山（ヨンピョンヤクサン）の躑躅ではなく詩人が住む京都伏見の躑躅でも良い。躑躅は韓民族の血統であり霊であり魂だ。それは人知れず隠してみる花ではなく息子娘に教えた花であり亡き父が詩人に残した形見の花でもある。「花の香り漂う美しい春の夜に一束の花を抱え西の空・故郷の空を仰ぎ見る」。詩人は「第四章の『母への思い（1）』」で躑躅を一抱え抱き西の空・故郷の空を仰ぐと歌っている。花酔いをもよおす
ほどの香りふくよかな春の夜に故郷昌原（チャンウォン）を一気に駆け踏みたい気持ちが無いと言えようか。飛行に乗り込めば一瞬にして踏める故郷では無かったか！失った故郷の所為（せい）なのか？あるいは辛い異国生活の悲しみの所為なのだろうか？目立って、詩人の歌の中には「春」が多く現れる。

春は来たのだけれど何と冷たい花冷えか
いつになれば花衣（はなごろも）を着て踊れるのだろうか
他国の花見に涙が溢（あふ）れる
（第四章　春の歌 「空（そら）」）

異国に生まれても愛おしい孫たちは
僅かずつ民族の心が抉（えぐ）られ、故郷も遠く遠く
私が死ねばどうなるのだろう、ため息ばかり
（第四章　春の歌 「血筋」）

魂、同胞、故郷だけではなく詩人にとって除くことができない情緒があるがそれは「統一」だ。詩人は自由に南と北を飛び交う「渡り鳥」にすら嫉妬する。

渡り鳥が羨ましい、故郷を自由に往来する
同胞(はらから)は悲しい、行き来できない母国を
どこにいるのか統一祖国、この身は老いて行くばかり
(第二篇　十一章 「渡り鳥」)

往けない北の地、来られない南の地
間もなく分断三十年、月日が恨めしい

いつになれば南北が共に踊り歌い合えるのか
どの年の季節になれば共に田植えができるのだろうか

折れちぎれた鉄路の先から血の滴(しずく)がぽたりぽたり

肥えた南北一里の軍事境界線内に雑草雑木が茂り
空飛ぶ鳶も老いるだけだ
(第三篇 「統一への道」)

鳥類、匍匐(ほふく)動物ですら自由に行き来するのに唯一人間だけが断絶され離ればなれになっていつの間にか半世紀、折れちぎれた鉄路の先から血の滴だけがぽたぽた落ちる現実は詩人だけの苦しく切ないものではない。北に家族を持っている南の同胞や、南に家族を持っている北の同胞と全く同じく悲しく無念で、兄弟姉妹が会いたい気持ちは同じだ。しかし、より悲しいのは南と北のどの詩人も家族の離散と痛みを詠わない事だ。どの詩人も分断を悲しまないでいる。ただ、日本京都の詩人一明(ハンバク)

(キム・リバク) 、その彼だけがこの重い沈黙を打ち破るだけだ。唯一人、彼一人が分断の切なさを詠っているだけだ。父が遺恨を残し死んでいった地、その孤独な地の大和で今日も彼は宇宙の重圧を一人で支え、死と闘いながら生きようと踏ん張っている。詩人が殆ど死した韓国と北の地の話だ。だからこそ彼の歌はいつも我らの心深くに在る、涸れることのない泉のように生き続けるだろう。(完)

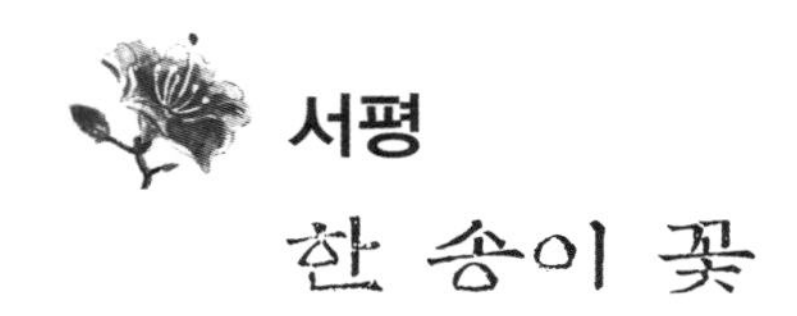

서평
한 송이 꽃

덴리대학교 교수 오카야마 젠이치로(岡山善一郎)

재일동포의 한글 기간지 시집으로서 관동지방(토쿄)에 〈종소리〉가 있고, 관서지방(교토)에는 〈한 흙〉이 있다.

〈종소리〉는 조총련관련 시인들의 순수시집으로 현재 65호까지 발간되어 있고, 〈한 흙〉은 김리박 님이 편집발행인으로 님의 시조와 함께 재일한국문인협회의 동향을 알리는 기간지이기도한데, 현재 58호까지 발간되었다.

이들 잡지는 일본에서 한글(한국조선어)로 시문학을 엮어내고 있다는 데에 그 가치가 자못 크다고 할 수 있다. 김리박 님은 24년간 굳건히〈한 흙〉을 지켜 온 분으로 그 노고에 머리가 절로 숙여진다. 많은 동포들의 성원이 있었기에 가능한 일이었겠지만, 님의 조국과 통일에 대한 남다른 집념, 그리고 동포애와 정열이 있었기에 이룰 수 있었던 과업이 아닐까 한다.

이번에 김리박 님의 시조집이 서울에서 발간되지만 그가 꿈에도 그리워했던 서울을 찾게 된 것은 그리 오래된 일이 아니다. 그가 조국에 첫발을 내디뎠을 때의 그 벅찬 가슴의 이야기를 교토에서 들은 적이 있는데, 그 감동은 님의 시조가 밑거름이 되었을 것이다. 특히 이번 시조에서는 끝까지 아리랑정신으로 살아가겠다는

다짐으로 통일에 대한 염원, 조국애 등을 노래하고 있는 것이 특징이다. 이 조국애의 염원은 조국해방과 부친의 일본행에서 찾고 있으며 현재 2세들의 일본화를 근심어린 마음으로 노래하고 있는 점도 그 만의 독특한 시각이다.

이 시조집은 한 개인의 서정이 아닌 재일동포들의 애틋한 서정으로 보아주길 바란다. 조국의 번영을 바라는 마음은 관념으로서의 통일을 희구하게 되며, 일본인과 더불어 살기 쉽지 않은 남의 땅에 대한 인식은 더욱더 조국에의 회귀를 갈망하도록 만든다.

이 한 권의 시조집이 나라밖 동포들을 이해하는데 조금이라도 보탬이 되어 주리라고 믿는다. 이것은 아마도 지은이의 바람이기도 할 것이다.

김리박 님!

한 송이 국화꽃을 피우기 위해 봄부터 소쩍새는 울었다고 한다. 이 한 권의 시조집을 발간하기 위해, 여기에 담은 한 수의 시조를 짓기 위해 쏟은 그동안의 노고와 동포애에 심심한 경의를 표한다. 그리고 진심으로 축하드린다.

2016년 4월 길일

序文
一房の花

天理大学教授　岡山善一郎
訳：秋山一郎

在日韓国人・朝鮮人同胞のハングル機関誌詩集として関東地方（東京）に「종소리（鐘音）」が在り、関西地方（京都）には「한흙（大地）」が在る。

「종소리（鐘音）」は在日本朝鮮人総連合会（朝鮮総連）傘下の詩人たちの純詩集として現在まで６５号まで発刊されており、一方、「한흙（大地）」はキム・リバク氏が編集・発行人として氏の時調と共に在日韓国文人協会の動向を知らせる機関誌でもあるが現在５８号まで続刊されている。

両詩誌はこの日本において韓国・朝鮮語で創作されている詩文学を編集・掲載している点にその大きな意義が有ると言えるが、キム・リバク氏は２４年間も堅固に「한흙（大地）」を発刊し続けてきた詩人であり、その辛労には敬意を表したい。少なく無い日本国内外の同胞の声援が有ったからこそ可能だったろうが、氏の祖国と統一に対する熱い執念、そして同胞愛と熱情が有ったからこそなし遂げる事が出来た活動だと思われる。

今回、キム・リバク氏の時調集が韓国のソウルで発刊されると聞く。臨時旅券で夢にまで見たソウルに入城したのは僅か１０年前だった。生後初めて祖国の地に第一歩を踏んだ時、こみ上がる感激を京都で聞いた事が有るが、その時の感動は氏の時調創作の基肥になっているように思える。特に今回上梓される時調集には生涯を「アリランの骨」として生きるという起請、統一に対する祈願、祖国愛等を歌っている。そして、その祖国愛の祈願は１９４５年8月１５日の祖国解放時、生前の父の熱い涙に感銘を覚え、また在日二世たちの日本「化」を嘆きの心で歌っている。読者はこの時調集を一個人の抒情ではなく在日韓国・朝鮮同胞の切ない抒情として受け取ってもらいたい。祖国の繁栄を願う心情は観念としての統一を希求し、日本人との共生を望みながらも困難な状況の中で、また、行き場のない他国だと泣き濡れる他(ほか)は無い寂しさは、より一層祖国への回帰を渇望するようになる。

この一篇の時調集が海外韓国人・朝鮮人を理解するに多少なりとも手助けになるのではないかと確信する。この確信はおそらくキム・リバク氏の思いとも同じだと思う。

キム・リバク氏よ、一房の花を咲かせるために杜鵑(ほととぎす)は早春から啼(な)くと言います。この一篇の時調集を上梓するに際し、そして、この時調集に掲載するに際し費やしたその間の労苦と同胞愛に対し深い敬意を表します。そしてお祝い申し上げます。

有り難う御座います。

2016年 4月 吉日

차례

첫째 매 – 둘째 가름

첫째 매 – 셋째 가름

첫째 매 – 넷째가름

둘째 매 – 여덟째 가름

둘째 매 – 아홉째 가름

둘째 매 – 열째 가름

둘째 매 – 열한째 가름

둘째 매 – 열두째 가름

目次

第一篇 - 章の三

第一篇 - 章の四

第一篇 - 章の五

第二篇　章の五

第二篇　章の六

第二篇　章の七

第二篇　章の八

第二篇　章の九

第二篇　章の十

첫째 매 (第一篇)

첫째 가름

章の1

얼(1)

다 살아 몸 곪아도 다 늙어 몽당돼도

마음은 오직 하나 믿나라 풀흙 돼료

남땅에 몸을 세워도 아리랑 뼈 되잔다

1987-01-01

魂(1)

老いぼれ痴呆になっても、寝たきりになっても

思いはただ一途、祖国の土草(つちぐさ)になる望み

他国に留まり住んでもアリランの骨肉として生きたい

외(2)

아침 놀 미쳤으니 올밤은 단꿈일까

마흔 해 울 누리엔 딴 싹도 돋는구나

어허야 어허어허야 어허영차

叫び(2)

ああ、朝やけ、今夜の夢は正夢でなくては

在日七十年、孫は新世代、まるで異邦人のよう

流れ行く　ああ、流れ行く、諸行無常…

맑은 외침(1)

차라리 뒷간 속의 구더기 되어서도
내 맘은 내 맘이요 짜개* 속은 안 되리라
즈믄 해 두고 살아도 한 얼만을 지니리

*짜개 : 왜

閑かな叫び(1)

力に抑えられ、糞だめの蛆虫になっても
私は私、酷い倭(やまと)の心は持たない
傷だらけで千年を生きても檀の心は棄てない

맑은 외침(2)

몸 썩어 똥독 속의 구더기 되어서도

내 속은 내 얼이요 남의 넋은 안 되리라

골 해를 이어 살아도 밝검만을 믿으리

閑かな叫び(2)

たとえ糞甕の蛆となっても二心は抱かない

檀の心を誇り韓(から)の節操を守る

永遠の檀君を奉じ生きる

삶

늦가을 지는 곳에 무엇이 있나 하니
뒷바람* 길벗이냐 바윗물 흐름이냐
좋아라 제 잘난 맛에 한겨울을 사느니라

*뒷바람 : 북풍

息(いき)の緒(お)

白秋の果てに何が有るかはよく知っている
そこが凍土の地でも、一滴の岩清水だけの地でも良い
飢え死に、凍え死にしようと統一を願う人生に悔いは無い

읆

밟혀서 마흔 해요 바라서 서른 해니
물뭍은 뛰려는지 한 숨을 쉬는데도
철 좇아 오는 뭇새는 늙지 아니 하느나

まほろばの韓国(からくに)の囚われ人

蹂躙された在日四十年、統一祖国を望んで
同胞(はらから)は常にその日のために今日も生きる
ああ、羨(うらや)ましい、渡り鳥は今年も老いを知らない

첫째 매 (第一篇)

둘째 가름

章の2

첫째

누리가 구불어서 미친 미르* 되어서도

어릴적 곱게 배운 맑마음*은 희어질까

찍혀서 우뚝 솟아 썩은들 좋아라

*미르 : 용(龍)
*맑마음 : 맑은 마음

第一

世が変わり果て狂った龍になっても

幼い時より熱く学んだ真(まこと)を 誰が抹消出来ようか

満身創痍の体をすっくと立て 腐木(くさりぎ)になっても悔いはない

둘째

좋으려 저자*살이 풀 같아도 죽살이니

식은 밥이 즈믄 해건 깔봄이 골 해건

내 삶은 내 죽살이*니 울고 불고 할까나

*저자 : 시장(市場)
*죽살이 : 인생

第二

「俗物」と陰口をたたかれても、雑草のような人生でも人生だ

冷や飯を千年喰らわされようと 万年も干されようと

不平不満ばかり吐いて何の意味があろう？

셋째

오늘은 흙물 속에 갇히고 있거니만

회오리 닥쳐 올제 구름 바위 뛰어 올라

온 나라 뒷새마갈*을 꾸짓고나 말거다

*뒷새마갈 : 북동남서(동서남북)

第三

今は泥沼に 堪え忍んでいるけれど

風雲急を告げれば 絶壁を這い上り

全国(くに)の東西南北に檄を飛ばす義を棄てはしない

넷째

시골로 쫓긴 몸은 죽은 얼이 아니어다

때 잡으면 큰 칼 품어 횃불될 뜻이어니

그때는 누리 곳곳에 참아욱* 피어나니

*참아욱 : 무궁화

第四

都落ちは 屍(しかばね)の叫びではない

天機を得れば剣を忍ばせ夜空の松明になろう

その時、国の隅々には 無窮花が咲き綻(ほころ)ぶだろう

첫째 매 (第一篇)

셋째 가름

章の3

일본
4344/2011

첫째

뒷마*는 미리내요 새갈*은 꿀벌 허리

뒷녘은 밝메 가람* 마녘*은 빛섬 바다

둘없는 참아욱 나라 길이길이 받드세

*뒷마 : 북남(남북)
*새갈 : 동서 간
*밝메 가람 : 백두산과 두만강
*마녘 : 남녘

第一

非武装地帯は天の川 東西間は美女のやなぎ腰

北の峰々に聖なる白頭山、南の海は緑の島々

無窮花咲く祖国、栄えある永遠の檀君国よ

둘째

새 바다* 내릴 밀물 누렁바다* 오를 썰물

철마다 푸짐해 뱃노래 퍼지는데

못가는 기럭가람*과 저녁놀의 마바다*여

*새 바다 : 동해
*누렁 바다 : 황해
*기럭 가람 : 압록강
*마바다 : 남해

第二

東海を下る親潮(おやしお) 黄海を上る黒潮(くろしお)

四季はいつも大漁、大漁節

ああ、互いに行けない南北、鴨豆よ、南海よ

셋째

아득한 옛날 애기 몸던진 미친 사내

홀남은 아내 노래 오늘도 쟁쟁하니

띠때*는 가고 또 가도 그 서러움 못 잊으리

*띠때 : 시대

第三

今は昔の物語、川に身を投げた気のふれた夫

残された妻の哀しみ溢れる唄 今日も響きわたる

時は 過ぎまた過ぎても その哀しみは永遠(とわ)に消えない

넷째

들여름 달* 촛불에 때 감은 간데 없고

첫 여덟날* 꽃내음과 모여 든 믿 암수이*

밝땅*을 늦은 봄 가는 빛 물결의 세 바다*여

*들여름 달 : 4월
*첫 여덟날 : 초파일
*믿 암수이 : 선남선녀
*밝땅 : 삼천리 금수강산
*세 바다 : 동해 남해 서해의 세 바다

第四

お花まつりの蝋燭(ろうそく)の灯(ともしび) 時は過ぎ行き

花の香り漂い 集(つど)った善男善女

麗しい半島の国 晩春を行く 光輝く東、西、南の三海よ

다섯째

북녘 땅은 말탄 되놈 바닷녘엔 삽바 무리*

떨이 거수* 히데요시* 두 놈 다 물리친

울* 겨레 끝끝 싸워서 한얼 빛내인 긴 해적이*

*삽바 무리 : 왜놈
*떨이 거수 : 수나라 양제
*히데요시 : 풍신수길
*울 : 우리
*해적이 : 역사

第五

北の大地は騎馬の雲霞(くもがすみ)、南の海岸は倭寇の群(むれ)

随の煬帝(ようだい)、倭の秀吉を蹴散らした韓の民

檀君の末裔(しそん)、命を賭けて国守った悠久の歴史

여섯째

오늘도 더 못 가는 끊겨진 쇳길*이니

고동을 높이 올려 소리로 껴안고서

뒷마는 눈물 머금고 뒤로 뒤로 물러 선다

*쇳길 : 철도

第六

今日もこれ以上は進めない 切断された鉄路

悲しく虚しい汽笛を上げ 互いに声の抱き合い

南北は涙を流しながら、伊勢えびのように退く

일곱째

가마메*서 욿을 땅*은 많지 않은 두 즈믄 길*

갈새* 사이 가시 줄*이 골 길이 골골 길*이

뒤와 마* 어이도 이리 멀고 멀고 머는지

*가마메 : 부산
*욿을 땅 : 의주
*두 즈믄 길 : 2천리 길
*갈새 : 서동(동서)
*가시 줄 : 가시 철도
*골 길 : 만릿길
*뒤와 마 : 북과 남

第七

釜山(プサン)から新義州まで特急で行けば五時間余り

東西四百キロの有棘鉄線は万里の地獄

北と南どうして月よりも遠く太洋よりも遠いのか？

여덟째

떨이 나라* 물리친 길이 빛날 한겨레 얼

긴 해적이 지나가도 때새*를 주름잡아

참삶을 가리켜 주는 걸릉고*라 하느나

*떨이 나라 : 수 나라
*때새 : 시간
*걸릉고 : 지남철

第八

百万の随を壊滅し、永遠(とわ)に輝く高句麗(コグリョウ)の魂

千数百年が過ぎても時間と空間を越え

朱蒙(チュモン)の気概と覇気溢れる意志は大航海の羅針盤

아홉째

한여름 햇빛 아래 바닷가는 푸름이* 것
깊어 가는 뙤약 철*을 아쉬어 않으련만
아가씨 젖가슴인냥 붉게 돋은 참아욱*꽃

*푸름이 : 청년, 청춘
*참아욱 : 무궁화
*뙤약 철 : 여름철

第九

炎天の夏 海は若者のもの
照りつける八月は うんざりするが愛おしく
乙女の乳房のように 眩(まぶ)しく咲き誇る無窮花

열째

지난날은 아닌 나날 오늘을 말함이니

피외침 토막토막 눈물의 사이사이

함께 살 울 믿나라* 길이길이 빛나세

*울 믿나라 : 우리 조국, 우리 본국, 우리 모국

第十

過ぎた日々は過去ではなく今日のこと

血の叫びの一声一声 流れ落ちた涙と涙の合間

南北は同胞(はらから)、ああ、統一祖国、永遠の祖国！

열한째

내 나라 맑은 하늘 한흙*은 기름지고

꿋꿋한 범별*들 슬기론 두루미*들

달밤의 돌도는 춤은 아가씨의 나라사랑

*한흙 : 대지, 온 나라 땅
*범별 : 무관(武官)
*슬기론 두루미 : 현명한 문관(文官)

第十一

天高く澄んだ祖国の空 肥えた大地

勇ましい武人将兵 賢明な文人官僚

盆月夜は輪になり舞う乙女たちの国への愛

열두째

앗겨서 마흔 해요 눌려서 쉰 해이면
남나라 비도 맞고 쓴 소금도 먹었으리
언제면 온 겨레 함께 오순도순 잘 살까나

第十二

奪われて四十年 踏みにじられて五十年
異国の雨にも打たれ 苦い塩も口にし
いつの日に檀君子孫が共に幸せに過ごせるのだろうか

첫째 매 (第一篇)

넷째 가름

章の4

어버이 생각(1)

일흔이 많으시오 남땅 살이 마흔 해도

날틀*에 실려 가면 감짝 사이 고향인데

무어이 바쁘셨다들 서둘러야 하셨는지

*날틀 : 비행기

亡き父母の思い出(1)

古稀はまだ青春、異国生活四十年

飛行機で行けば僅か八十分で故郷に着くものを

何を 急いで そんなに慌ただしく逝かれたのか

어버이 생각(2)

암 나노* 갈미기*엔 열 해가 남은 것을
저승이 그리 좋고 쫓기듯 가시다니
참아욱 고운 물빛은 알짬하게* 섰는데

*암 나노 : 손녀
*갈미기 : 시집가기
*알짬하게 : 정답게

亡き父母の思い出(2)

孫娘が嫁ぐにはまだ十年も早いものを
涅槃が羨ましくて引かれ逝くとはとは…
庭には無窮花が淡く麗しく咲いている…

어버이 생각(3)

저승엔 벗들 있고 믿고장*도 왔다갔다

그래서 가셨다면 참아야 하는거니

함께들 무덤 옮길 날 언제면 올까나

*믿고장 : 고향

亡き父母の思い出(3)

あの世には幼なじみ多く、故郷帰来も意のまま

それで逝かれたのなら了察しましょう

父母よ、帰省墓参りはいつの日か…

어버이 생각(4)

흰 저고리 치마 뜻도 막아 선 거센 물결
가고파 가슴 뜯고 보고파 미쳤는데
이래서 마흔 해 가고 남땅에 묻혔어라

亡き父母の思い出(4)

この日本で白の韓服着る誇りに心ない視線
貴方が故郷を思い、胸を掻きむしった日々
大和(やまと)四十年の星霜、残ったのが純白の骨

아버님 생각(1)

마흔 해 드신 술을 남기고 가시다니
아쉽지 않으신지 술독 술이 조르느나
저승엔 앉으실 자리 없고만 아셨는지

亡き父の思い出(1)

鯨飲の在日五十年、それを残して逝くなんて
未練在りませんか？樽が鼾(いびき)かいていますよ
あの世には貴方の席はまだ無かったのですよ

아버님 생각(2)

끝끝내 앙버티여 고장을 안 찾았고

섬 나라 땅흙 속에 묻히시고 말았구려

끌려 가 서른 다섯 해 남땅 바람 쌀쌀하리

亡き父の思い出(2)

分断祖国には頑として「訪ねない！」気随

その果てが異国の地の土守に

強制連行後三十五年、髄に染みこんでいた冷たさ

아버님 생각(3)

빛 되찾은 그 나날에 네 살의 아들놈은
미친 듯 울고 계신 아버지를 쳐다 보며
겨레의 참빛 되찾은 그 기쁨을 새겼도다

亡き父の思い出(3)

1945年8月15日、祖国解放の日、息子4歳
大声を上げながら涙を流していた父
強制連行された後、帰れず悲しい在留三十五年

아버님 생각(4)

하늘 땅이 밝은 새해 아버지는 서른 다섯
이 나이 서른 다섯 아들 딸 넷을 둔 몸
꿋꿋한 할아버지 뜻 심어 줘야 할 것이니

亡き父の思い出(4)

明るい陽が昇った新年、記憶無い父35歳
今、その子は父の歳、息子娘4人の父
祖父の、国と民族への熱い愛を培(つちか)い育(はぐく)まねば

첫째 매 (第一篇)

다섯째 가름

章の5

봄달* 푸름이들의 밝검* 얼(1)

메*들에 진달래 푸름이의 마음인가

곳곳의 붉은 피는 빗물에 씻겨워도

젊음의 밝달* 얼넋*은 길이길이 빛나리라

*메 : 산
*봄달 : 봄 석달
*밝검 : 단군왕검
*푸름이 : 청년, 청춘
*밝달 : 단군
*얼넋 : 혼백

韓国、「四月学生革命」に殉じた熱く若い魂(1)

山つつじは 青春の澄んだ熱い情熱

流れた赤い血は 雨に流されても

青春の檀君魂は 永遠に輝き続ける

봄달 푸름이들의 밝검 얼(2)

봄달*의 하늘 아래 쓰러진 참삶의 얼

골 해*를 두고두고 드세게 타오르리

기름진 밝검* 메 땅에 목숨 바친 배울이*들

*봄달 : 4월
*골 해 : 만년
*밝검 : 단군왕검
*배울이 : 학생

韓国、「四月学生革命」に殉じた熱く若い魂(2)

皐月晴れの下、奪われた若い真(まこと)の魂

永遠に赤々と燃え照らす韓民族の聖火

三千里祖国に命捧げた4・19革命学生たち

봄달 푸름이들의 밝검 얼(3)

꽃묶음 안아서 마바다 바라보니
그들의 바른 고동 부르던 노랫소리
물결을 헤쳐 되솟은 해돋이를 맞느나

韓国、「四月学生革命」に殉じた熱く若い魂(3)

花束を抱え、遙か祖国の南海を仰ぎ
殉じた「4・19革命」学生たちの鼓動と
彼らの歌声を聴きながら襟を正し黙祷する

봄달 푸름이들의 밝검 얼(4)

믿나라 괴롭힐 땐 두말 없이 죽으리라

나랏이*를 속일 때면 차라리 썩으리라

한 목숨 다 비친 옳뜻* 밝검* 겨레 기린다

*나랏이 : 국민
*옳뜻 : 옳은 뜻, 바른 뜻
*밝검 : 단군왕검

韓国、「四月学生革命」に殉じた熱く若い魂(4)

「祖国を辱(はずかし)めるなら寧(むし)ろ死を与えよ」

「国民を陥(おとしい)れるなら蛆虫(うじむし)に食まれよう」

彼ら「4・19学生たち」の祖国愛は永遠！

첫째 매 (第一篇)

여섯째 가름

章の6

언제 되돌아 가리(1)

아침 놀 물든 새쪽* 저녁녘엔 비가 올지

비오면 고향 뜨고 아비는 술을 하고

어미는 온 밤 새우며 어버이 생각하고

*새쪽 : 동쪽

何日(いつのひ)帰る(1)

紅く燃えている東の空、夕方は雨だろうか

雨が降れば父は故郷を思い濁酒(どぶろく)を呷(あお)り

母は涙ぐみ故郷(ふるさと)・密陽(ミリャン)を思い、縫い物する

언제 되돌아 가리(2)

덜 익은 붉은 감은 남 몰래 옛날 주고
오늘도 꼭 있으리 믿고픈 마음인데
바람은 모른척 하고 알몸뚱만 뜨겁네

何日(いつのひ)帰る(2)

未熟な朱(あか)柿は人知れず幼い頃を思い出させる
今もぶら下がっていると堅く信じているが
風は知らんぷりしてさっと過ぎて行く

언제 되돌아 가리(3)

어릴적 내 가을은 검은 여울 물빛인가

눈 감아 멀리멀리 끝없는 안개 속에

불러도 왜 댓말이 없나 서른 해 간 뭍바다

何日(いつのひ)帰る(3)

幼い頃、目に映ったあの秋は暗い玄海灘

目を閉じると遙か遠くは濃い霧の中

呼んでも叫んでも答えない幼児の時の海と陸(おか)

언제 되돌아 가리(4)

꽃분인 갈미었지* 쇠돌도 계집했고*

네 살은 앞 서른 해 이제는 어버이니

만나면 서로 어린이 못 가는 돌메 고장*

*갈미었지 : 시집 갔지
*계집하다 : 장가 들다
*돌메 고장 : 석산 고을

何日帰る(4)

(いつの ひ)

コップニは元気かな？セドルは2児の父

三十年前、コップニ三歳、セドルと私は四歳

会えば皆が子ども、何故会えないのだろう

언제 되돌아 가리(5)

소금을 꾸러 가던 마을의 아줌마 집
언어 맞고 감 주며 섬놈을 치라 했고
그리운 우리 자스님* 가을 타고 가셨다네

*자스님 : 이모님

何日帰る(5)

いつのひ

「おねしょう罰」に朝鮮部落の叔母宅に塩かりに
鞭で尻を叩かれた後甘柿一つくれ「仇をお取り！」
翌日、同じ部落に住んでいた姑母が遠い旅に

언제 되돌아 가리(6)

잠자리 떼 잠자리 그들은 하늘 나라

건너라 검은 여울* 날개는 떨어져도

못 잊을 푸르고 높은 마음의 갈* 있는지

*검은 여울 : 현해탄
*갈 : 가을

何(いつの) 日(ひ)帰る(6)

群れなす麦わらとんぼ、大空は彼らのもの

蜻蛉(とんぼ)よ、玄海灘を飛べ 羽根が切れ落ちても

高く蒼(あお)い故郷の秋、狂うほどに愛おしい

언제 되돌아 가리(7)

가람*도 옛것일까 메들은 잘 있는지

뭍에는 나무 많고 세 바다 물결 소리

보고픈 밝고운* 아침 가을 깊은 울 믿나라

*가람 : 강, 시냇물

*밝고운 : 밝고 고운

何日帰る(7)

いつの ひ

あの小川はまだ在るだろうか？山々も

禿げ山に緑が茂り東南西の三海は潮騒の音

帰りたい、明るく麗しい朝、秋行く祖国

4344/2011
런던에서

언제 되돌아 가리(8)

잠자는 갓난 아기 올날은 꼬까* 한창

언제면 맛보겠나 시원한 우리 가을

섬땅의 곤 가을*이야 고장 갈만* 못 하리

*꼬까 : 단풍

*곤 가을 : 고운 가을

*고장 갈만 : 고향 가을만

何日(いつのひ)帰る(8)

すやすや眠る赤子、明日は深紅の楓(もみじ)が映えよう

いつの日に愛でられようか、爽やかな韓(から)の秋

日本の秋は麗しいが故郷の紅葉には及ばない

첫째 매 (第一篇)

일곱째 가름

章の7

날나라* 여름(1)

뙤약볕 참아욱 달*
오늘까지 줄곧 울고

하늘을 감아 오른
줄줄 핀 나팔 꽃

어허야
마흔 죽살이
무엇이라 할까나

*날나라: 일본
*참아욱 달: 여름 석 달

日本の夏(1)

真夏に咲いた無窮花は
五十年も泣き続け

垣を伝(は)い上がり
つながり咲いた朝顔

それにひかえ
四十年の哀しみに耐えているこの身は
いったい誰なのだろうか？

날나라 여름(2)

오르며 뒷쪽* 찾고
내리며 마쪽* 찾고

숨 사이 캄캄 길을
얼빠진 사람인양

아히유
미리내* 아래
잠 못이룰 나그네

*뒷쪽 : 북쪽
*마쪽: 남쪽
*미리내: 은하수

日本の夏(2)

上りながら北を思い
下りながら南を愛おしみ

暗い道、ぜいぜい息を吐きながら
夢遊病者のようによろめきながら生きている

ああ
天の川の下
今宵も眠れない、故郷を失った在日の韓人

날나라 여름(3)

내 믿고장 숨은 노래
남기신 어머님은

한 어버이* 모시는 밤
저승을 좇으시니

언제면
아아 언제면
달래 드릴 날 오랴

*한 어버이 : 조상

日本の夏(3)

誰も知らない故郷の歌
残して逝った母

祭祀の日
降りた祖先の霊にその歌を捧げた

黄泉の国の霊となった母
いつの日に
孫たちがその歌を捧げられようか

둘째 매 (第二篇)

첫째 가름

章の1

1. 새 해

당기니 뜨느냐 밀어 주니 돋느냐
첫 아침 밝은 해에 옷깃을 여미며
올해도 맑게 살아서 그날을 껴안는다

---

1. 新 年

引かれて浮いたのか　押されて昇ったのか
元旦のご来光に襟を正して
今年も清麗に生き統一のその日を抱く

2. 첫하늘

첫 하늘이 눈 뿌리니 땅위는 눈밭이고
바라던 설날인데 개나린 깊잠* 자건만
이 해도 이겨 낼거다 뒷쪽*의 겨레들은

*깊잠 : 깊은 잠
*뒷쪽 : 북쪽

2011-01-01

2. 初空

元日はお年玉の白雪、大地は純白
待っていた正月に連翹はまだ居眠りの中
今年もきっと耐え抜くだろう北の同胞(はらから)

3. 가는 해 오는 해

간해야 잘 가라 온해야 잘 와라
아픈 가슴 달래며 쉰두 해 넘겼건만
눈바람 맞서 이겨낸 소나무 반갑구나

2011-01-02

---

3. 送旧迎新

行く年よ、有り難う、新年よ、有り難う
痛む胸を抱いて50年が過ぎたが
松よ、お前は去年も頑張った、有り難う

4. 새해 다짐(1) - 소나무

네 철은 길동무요 해달이 벗이니
햇더위는 익혀 주고 함박눈은 식혀 주네
그러리 떳떳한 뜻은 하늘 땅도 못 막으리

2012-02-05

---

4. 新年の誓い（1）– 松

四季は我が朋友、歳月は友人
灼熱は結実させ、雪は火照った大地を冷ます
そうだろう、統一の願いは天地共に護っている

5. 새해 다짐(2) - 대나무

속 비어 길을 주니 소리는 아름답고
꺾인들 굽히잖고 닳도록 뻗어 가니
그 누가 하늘이 밉다 헐뜯기만 하느냐

2011-01-05

---

5. 新年の誓い(2) - 竹

竹も空いているからこそ音は澄み
根も曲がりながら大地を支えている
それを知らずに天を嘆いて何としよう

6. 새해 다짐(3) - 땰꽂 *

추운 철에 맨 먼저 고운 내음 안겨 주니

선비도 기뻐하고 하느님도 좋아 하고

홀 가는 흰 사슴 뜻도 따라 잡지 못하리

*땰꽂 : 매화

2012-01-10

---

6. 新年の誓い（3） - 梅

極寒の中、真っ先に美しい香り

文人(ぶんじん)楽しみ,神も喜び

梅愛(め)でる白鹿には誰が立ち向かえようか？

7. 새해 다짐(4) - 물

네모 꼴 둥근 꼴 다 갖춘 게 물이라서
온 목숨 살리고 하늘 땅을 울리느니
길이야 불길이라도 가람처럼 나아가리

2012-01-10

---

7. 新年の誓い（4） - 水

方形も円形も合わせ持っている水
だからこそ全ての生き物を生かし天地を喜ばせる
どんな苦しい道でも川のように進みたい

8. 첫 홰

어디선지 들려오는 홰소리에 깃 여며서

겨레를 슴을코* 나라를 굳게 안아

나느*들 덩울* 바라며 한배검께 비손하다

*슴을코 : 생각하고
*나느 : 손자
*덩울 : 무럭무럭 잘 자라 나감

2012-01-10

8. 初羽ばたき

どこからか聞こえて来る初羽ばたき、襟を正し

同胞を思い祖国を熱く抱き

孫たちの無病息災を願い檀君に祈念する

2007정해년 설날

9. 으뜸 아침

밝아 돋은 첫 아침에 새해 옷 챙겨 입어

한배검* 계신 곳 갈쪽 하늘 우러러

큰절을 삼가 드리고 믿나라를 품에 안네

*한배검 : 단군왕검

2012-01-10

---

9. 元旦

沐浴斎戒し、初衣に着替え

檀君王倹いらっしゃる西初空(はつぞら)を仰ぎ

大礼拝を捧げ、母なる祖国を強く抱く

10. 새해 첫 샘물

으뜸 새벽 미역 감고 옷 갈아 입어서

떠놓은 첫 샘물* 한 어버이께 바쳐 드려

올해에 하려는 일들 다 잘 되게 비손하네

*첫 샘물 : 정화수

2013-01-17

10. 元旦の初水

夜が明けて沐浴斎戒し衣服を整え

若水を祖先に捧げ

今年も無病息災を祈念する

11. 첫 해돋이

첫 해돋이 밝은 빛은 하느님의 뜻이어니

조용히 두 손 모아 고마움을 바치고서

올해는 꼭 보곪다네 하나 된 울* 믿나라*

*울 : 우리

*믿나라 : 조국, 모국, 본국

2013-01-17

---

11. 初日の出

明るい初日の出は神の思(おぼ)し召し

静かに両手を合わせ感謝し

今年こそ統一祖国を迎えたい

12. 한 보름

새달*이 지나가니 곧이어 첫 보름이

날 달*이 가는 것은 꼬리별* 같으니

아껴서 또 아껴서도 곱게들 살아야지

*새달 : 초승달
*날 달 : 세월
*꼬리별 : 혜성

2013-01-17

---

12. 小正月

幕の内も過ぎすでに小正月

光陰は飛ぶ矢のよう

心身共に健康で誠の心で生きたい

13. 소나무

꽂부린* 안 고와도 길이길이 푸르르니

가담*의 므리*라 참 선비는 아는거라

이 몸도 소나무 처럼 꿋꿋이 살리라

*꽂부린 : 꽃부리는
*가담 : 군대의 우두머리, 장수
*므리 : 목숨

2013-01-17

13. 松

花は美しくはないが四季青々している松

節操は将帥の命であることを志士は知る

私もまた松のように全うしたい

14. 무덤 뵙기

이 몸의 깨끗함은 한 어버이* 굄이니*

아껴서 갈고 닦아 온 겨레께 바쳐서

하나 된 울 믿나라를 온 누리에 비치리

*한어버이 : 조부모
*굄 : 괴다(사랑)의 이름씨 꼴
*굄이니 : 사랑이니

2013-01-20

14. 墓参り

この身の節義は祖先の愛と賜りもの

切磋琢磨し祖国と民族に捧げ

統一祖国を人類に贈りたい

15. 으뜸날 아침

비오는 으뜸 아침 뜰 해가 보이잖네

다음날은 돋으리라 믿고서 또 가는 길

누리가 어지러워서 늙은이는 아프기만코

2013-01-27

15. 元旦

雨降る元旦、日の出は叶わなかった

明日は晴れるだろうと信じさらに進む

世間が余りにも騒がしく老人は胸を痛めるばかり

16. 바람 쇠북

바람 불면 고운소리 바람 자면 잠잠하고

조용한 집안에 바람 쇠북* 맘앉히니

스님의 부처 가르침* 하맑게 들려오네

*바람 쇠북 : 풍경(風磬)
*부처 가르침 : 염불

2015-01-06

---

16. 風鈴

風吹けば澄んだ音色、風止めば閑(しず)か

静かな寺の風鈴は心を鎮ませ

和尚の読経が清々しい

17. 한 추위(大寒)

이제는 다 가는지 가느니 아쉽고나

추위를 벗삼아 즈믄 길* 찾으려니

딸꽃*은 이쁜 내음을 베풀어 주느나

*즈믄 길 : 천리길

*딸꽃 : 매화꽃

2015-01-19

---

17. 大寒

大寒が過ぎて行く、過ぎ行くからこそ愛おしい

寒の入りを友として千里の旅支度(たびじたく)すると

梅は清霊な香りを漂わせる

雪中梅
四三四三

18. 눈 걸친 딸꽃

홀몸은 자랑이고 내음은 으뜸이니
눈 옷을 걸친 모습 둘 없는 멋이구나
소나무 한해 푸름과 곧곧은 대나무 뜻

2015-01-19

18. 白雪衣を着た梅

孤高を誇り、品良い香り
時に雪の纏いは伊達
松の常緑と竹の志、梅の香り

19. 으뜸 아침

으뜸아침 돋았으니 올해야 밝을건가

첫물* 떠서 세 거룩*께 올려 드려 바쳐서

한겨레 묻바다 땅 하나됨을 비나이다

*첫물 : 정화수

*세 거룩 : 환인, 환웅, 단군 세 분

2015-01-26

---

19. 元旦

初日の出、今年こそ明るくなる事を

若水(わかみず)汲み神位前に供え

統一祖国を祈る

20. 작추위(小寒)

작추위* 품속은 좁으나 차고 차니

우습게 여기면 코다칠 것이니

큰추위* 품속에 안아 봄철을 꿈꾼다

*작추위 : 소한

*큰추위 : 대한

2016-01-04

---

20. 小寒

小寒は小さいとは謂うけれど大寒より寒い

軽く観ると酷い目に遭う

だからこそ、大寒を胸に抱き春を描

둘째 매 (第二篇)

둘째 가름

章の2

21. 삶

가지 끝을 아는구나 멀리 오는 봄철은

움 내음에 꽃 내음 모두 함께 춤추듯

온 메는 흰눈 이고도 온갖 풀꽃 되살리네

2016-01-11

せい

21. 生

枝先の新しい生命を知る遠くの春は

芽吹く匂い花の香り共に舞

山々は白雪をはおり万物に命を恵む

둘째 매 (第二篇)

셋째 가름

章の3

22. 꽃봉오리

때 오면 활짝 피어 하늘 땅을 되살린데
남 몰래 굳혀서 때 오기를 기다리나
그러니 올 봄 알리는 꽃이어서 고요하구나

2012-03-06

---

22. 英(はなぶさ)

時が来れば満開し天地を飾るけれど
今は未だ時をじっと待っている
春を真っ先に告げる花だからこそ閑か

23. 꽃 옷고슬

알몸 채 즈믄 길을 홀 가도 내 삶이라

옷고슬* 벗 삼아 하늘 땅을 누비느니

무엇이 아니 모자라 울며 불며 살까나

*옷고슬 : 향기, 향내

2012-03-06

23. 花の香

裸足で千里を一人で向かっても私の人生

花の香りを友として天地を歩むからこそ

不平不満をまき散らして生きる無意味さ

24. 그믐날

다음날은 첫날이라 별들이 총총하네

가야만 닿이고 닿아야만 사느니

죽살이 일흔 일곱 해 모자람은 없으리

2012-03-06

---

24. 大晦日

明日は一日(ついたち)、星が輝いている

向かえば到着点、到着点が一つの勝利

馬齢七十七、黄昏(たそがれ)に朽ち果てても悔いはない

25. 길(1)

어디까지 왔는지 이곳은 어디냐
하늘아 말해다오 이 몸은 누구냐
가는가 바람탄 구름 오는가 해달아

2012-03-13

---

25. 道（1）

どこまで来たのか？ここは何処(どこ)なのか？
神よ、教えよ、私は一体誰なのか？
風に流れる雲、来るのは年月か？歳(とし)か？

둘째 매 (第二篇)

넷째 가름

章の4

26. 울 핏줄은 진달래요

울 핏줄은 진달래요 벚꽃은 아니라고

아들딸을 사랑담아 가르치고 키우셨고

남땅서 눈 감셨건만* 죽살이는 참이었네

*감셨건만 : 감으시었건만

2011-04-04

---

26. 永遠の躑躅(つつじ)

「私の花は山つつじ、桜ではない！」と

我が子を愛(いと)おしみ教え育てて下された父母

異国で閉じた命なのだけれど二つと無い誠だった

27. 맑은 외침

차라리 하늘 나는 먼지가 되어서도

내 맘은 내 맘이요 섬 속*은 안 되리라

골 해를 두고 살아도 *한얼만을 지니리

*섬 속 : 일본 정신
*한얼 : 한겨레의 얼과 넋

---

27. 澄んだ叫び

たとえ空飛ぶ塵埃(ごみ)になっても

私の赤心、賤(いや)しくはなく藁靴(わらぐつ)の魂を誇り

千年を生きても檀君の子孫を誇りたい

28. 내 삶

좋으료 사냇살이 굶어도 죽살이니

찬밥이 골 해건 깔봄*이 즈믄 해건

내 삶은 내 삶인 것을 울고 불고 할까나

*깔봄 : 멸시

28. 私の人生

貧困に喘いでも盗水(ぬすみみず)はしない

蔑(さげす)み千年、差別を万年受けても

私の人生に悔いなくその心松竹と同じだ

29. 맑치(은어)

흙물에는 못 살고 맑아야만 산다니

너야말로 몸꼴 바꿔 선비가 되어얀대

누리가 하 어지러워 낚시 없이 나꿔본다

2011-04-22

29. 鮎

清流だけに生きる鮎ならば

お前こそ清廉な公僕になれと願う

今日またまた針を附けない糸を垂れ太公望を楽しむ

30. 어머님 생각(1)

아버님 가시고 어머님 또 가시고

꽃내음 밀어 오는 아름다운 봄밤에

한 아름 진달래 안아 갈쪽*을 우러른다

*갈쪽 : 서쪽 곧 어버이 믿고장인 밀양 창원 쪽

---

30. 母の思い出(1)

父が亡くなり、母もまた亡くなり

花の香りが香しい春の夕暮れ

躑躅(つつじ)抱き、亡き父母の故郷(ふるさと)、西南を仰ぐ

31. 길(2)

오르느냐 비탈길 내리느냐 재넘잇길

치오르면 꼭대기냐 잦으면 바닥이냐

눈앞에 트인 길인만 망설이는 빈 속이라

---

31. 道(2)

登り坂道、下り峠道

登れば頂、踏み外せば谷底

開けている遙かの道、不安に駈られるこの私

2012-04-14

32. 길(3)

길없는 길잡아 꽃 돋우는 봄 내음꽃*

가는 때새 오는 때새* 그 사이를 또 때새

흐르는 가람 소리는 꽃들의 웃음일까

*봄 내움꽃 : 매화
*때새 : 시간

---

32. 道(3)

天道に咲く春の花の香りが聞こえる

行く時の間(はざま)、来る時の間(はざま)、その間(あいだ)にまた時の間(はざま)

流れるせせらぎの音は花々の微笑みだろうか？

2012-04-14

33. 길(4)

죽살이 일흔에 무엇이 남았을까

낭떠러지 바라보니 무서움이 솟아난데

가슴 속 깊깊은 곳에 외솔*은 가리키니

*외솔 : 최현배 선생

---

33. 道(4)

今日(こんにち)では人生七十年、その生ざまは…

亢龍有悔、谷底を垣間見、恐れおののく

が、心にいつも「独松(ウェソル)先生」がいらして不動ー

34. 봄 노래(1) - 하늘

봄철은 왔건만 차고 진 꽃샘이니

어느 때 꽃옷을 입어서 춤을 출까

남나라 꽃놀이에 눈물이 돋는다

---

34. 春の歌（1）空

春は真っ盛りだけれど花冷えが冷たいが

統一のその日が来れば花衣(はなごろも)まとって踊りたい

異国の桜に訳もなく涙が溢れる

2012-04-18

35. 봄 노래(2) - 땅

가람 풀려 흐르고 꽃봉오리 눈 비비니

메 허리 숲 속을 꾀꼴 소리 울리네

오는 봄 가는 겨울을 벗 삼아 나그넷길

---

35. 春の歌（2）大地

温(ぬる)んだ河面に、桜は眼を摩(こす)り

どこかの杜(もり)で初鶯が啼いている

居座る冬を友として楽しむ旅

2012-04-18

36. 봄 노래(3) - 꽃

남나라 열 해면 내고장 된다는데

파뿌리 머리 이고 갈쪽*을 내다보면

개나리 노란 빛깔이 꿈결인 듯 돋아나네

*갈쪽 : 서쪽

---

36. 春の歌（3）花

他国に十年住むと故郷になると言う

白髪なった身で遙かの西を仰ぎ見ると

懐かしい黄金色の連翹(れんぎょう)が目に浮かぶ

2012-04-26

37. 첫 제비

먼 땅을 등지고 밝땅을 찾았으니

너무나도 기뻐서 껴안고 싶구나

가을엔 되돌아가니 푹 쉬고 가거라

---

37. 初 燕

海を越え遙々(はるばる)檀君の国に舞い戻ったので

とても嬉しくぐっと抱きしめたい

晩夏には再び帰る身の上、英気を養って帰るがよい

2012-03

38. 꿩

봄이 왔서 좋다들 너두야 하늘 나네
메줄기 나무들은 너 모습에 봄 돋구고
오오라 곱게 불러서 더불어 살자꾸나

---

38. 雉（きじ）

春が来て嬉しそうに大空を翔んでいる
山波の木々はお前の姿を見て青葉の衣
そうだ、その美声を皆で聞いて楽しもう

2012-03

39. 흰참 함박꽃(목련)

한겨레 마음이냥 거룩 밝검* 뜻이냥

볼수록 빛 맑고 맘씻이 해 주니

그 같은 얼을 지녀서 참삶을 이어가리

*밝검 : 단군왕검

---

39. 木蓮

檀君民族の心情か、偉大な志か

見れば観るほど純白で心が洗われる

その志と魂を永遠に持ち続けたい

2012-03

40. 민들레

너는야 이른 봄 겨울 이겨 왔구나

안겨라 반갑구나 노랑 얼굴 예쁘네

하늘아 어서 내려와 메랑 함께 웃자꾸나

---

40. 蒲公英(たんぽぽ)

お前は早春の北風に打ち克ち来たのだろう

さあ、私の胸に飛び込め、黄色の顔が愛らしい

空よ、早く降りて来て山と一緒に楽しもう

2012-03

41. 기리며 빎

온 두 살* 늙으신 분 꽃묶음 품에 안고

먼 갈쪽* 우러러 옷깃 여며 고이 비네

다 늙어 귀먹어서도 들리는 그소리들*

*온 두 살 : 백 두 살
*갈쪽 : 서쪽
*그소리들 : 독립만세 소리들

---

41. 黙祷

百二歳のご老人が花束を抱き

襟を正し、遙かの西空を仰ぎ、黙祷を捧げる

耳遠くても、「万歳！、朝鮮独立万歳！」を聴く

2012-03

둘째 매 (第二篇)

다섯째 가름

章の5

42. 어머님 생각 (2)

길 가다가 여우비에 어머님 생각나고

아름다운 무지개 입혀 드릴 때 없이

머나먼 나그넷길을 가시어 슬프니

2011-05-01

42. 母を思う(2)

行く道で狐の嫁入りに遭遇、亡き母を思い出し

日本で一度も晴れ着を着せてやれなかった後悔

通り雨の中、野辺送りをした悲しい思い出…

43. 교토에서 보는 붓꽃과 나팔꽃

나팔꽃 온 송이를 받아 안은 땅인데

붓꽃은 어디 가고 줄기만 남았느냐

꼬까잎 오는 걸음을 알고서 물러섰나

---

43. 京都の花菖蒲とアサガオ

全てのアサガオを懐いた大地だけれど

花菖蒲は何処かに行き、茎だけが残っている

遠くに来ている紅葉に道を譲ったのだろうか

2011-05-10

44. 하늘

바다를 사이 두고 이어진 하늘을

그렇게나 미워도 보고 싶어 울었던데

찾아서 몸 세워 보니 눈물 쏠*만 돋내렸네*

*쏠 : 작은 폭포
*돋내리다 : 돋아 내리다

44. 大空

海と空が接している水平線の向こう

帰郷出来ない恨みと辛みに涙し

ようやく願いが叶い会うと涙の蝉しぐれ

45. 봄 노래 - 뒷핏줄

남땅서 귀빠져도 사랑스런 다달*들은

시나브로* 맘 깎여 믿고장은 멀어지니

죽어서 무엇이 될까 한숨 쉬는 이 몸이라

*다달 : 자손

*시나브로 : 모르는 사이에 조금씩 조금씩

---

45. 春の歌ー子孫

日本に生まれ育った三世・四世たち

定住意識強く父祖の故郷は遠のくばかり

彼らの行く末を思うとため息ばかり

46. 간 봄(1) - 딸꽃

눈판 솟아 맨 먼저 봄내음 돋구니

얼었던 가람도 스스로 몸을 풀고

먼 땅서 암수 제비는 갈 차비를 다그치네

2012-05-16

46. 惜春ー梅

雪を割って春を告げ、梅の香りを漂わせ

梅香に惑わされ川も少しずつ温(ぬる)んで行く

遙かの南では燕が海を渡る支度に忙しい

4346(2013)
이무성

47. 간 봄(2)

가는 봄 아쉬워서 꽃잎을 입에 무니
멀리를 보리내 바람 타고 찾아 오네
믿고장 이른 여름을 버들피리 펴지느나

---

47. 惜春(2)

行く春を惜しみに躑躅をそっと唇に当てると
どこからか麦の香りが風に乗ってやって来た
故郷の初夏には誰が柳笛を吹くだろうか…

48. 간 봄(3) - 개나리

노오란 빛깔에 사나이 가슴 타고

아가씨 맑은 맘에 한 송이 개나리

이윽고 꾀꼬리 울고 온 메가 싱그럽네

---

48. 惜春(3) - 連翹

黄色い連翹と青年の熱い思い

乙女の心に躑躅(つつじ)の香りが漂う

まもなく初鶯が鳴けば山が静かに笑う

2012-05-16

49. 간 봄(4) - 벚꽃

날나라 암수이*는 벚꽃 보면 미치고

피어도 좋다 하고 잎꼴도 이쁘다니

이래서 봄 보내느니 재미있는 핏줄이라

*암수이 : 남녀

2012-05-25

---

49. 惜春(4) - 桜

日本の人々は桜を観れば浮き浮きする

花咲いて愛で、葉桜もまた愛で

春一ヶ月を生き生きと送る楽しい人々

50. 어머님 생각 (3)

사흘 사이 아들 셋을 물에 잃은 어머니
몇 몇해를 미친 사람 나간 마음 어디 가고
열 해에 겨우 찾은 얼 서른 넷이 온 살*

*온 살: 백살

50. 母を思う(3)

三日間で三人の息子を水難で一度に失った母
十年近くも痴呆女のように生きた
十年後の春、正気に戻ったが百歳の老婆に…

51. 간 봄(5) - 진달래

어릴 때 참꽃 따서 어머니께 드렸더니
누님이 "누나 몫은?" 하는 말에 그만 빙긋
서러운 일흔 나이테 누님 가신 진달랫길

2012-05-30

---

51. 惜春(5)

幼い頃、つつじの花びらを摘んで母にあげると
姉が「おねーちゃんの分は？」と嬉しい催促
古稀に永遠の旅に発ったが、庭に残った躑躅

둘째 매 (第二篇)

여섯째 가름

章の6

52. 부처꽃

즈믄 날을 못 이겨 피는 날이 자랑일까

여름이 찾은 때인지 하늘 헤는 부처꽃

이밤도 길 나그네는 믿고장 안아 울고

2011-06-08

---

52. 彼岸花

千日咲けると誇っても自慢にはならない

お彼岸だからか青空に映える彼岸花

今夜も在日一世は故郷を熱く抱いて噎(むせ)び泣く

53. 하늘 아래

먼 곳이 하늘이면 이웃은 한울*이요

밝음이 올 날이면 어둠은 오늘이네

그러리 밀물 썰물이 죽살이라 할까나

*한울 : 우주의 본체, 온 세상

2011-06-08

53. 大空の下

遙かの向こうが空なら隣は神様

明日は明るいだろうが今日はまだ暗い

人生、雨の日も有れば晴れる日もある

벌써 꽃이 지는가?

54. 뭍바람 (1)

해달은 끊임 없이 오갈 날 잇돋는데*

어제는 스승 가고 오늘은 또래 가고

남나라 눈칫밥이면 이런 일은 흔한 일

*잇돋는데 : 이어 돋는데

2011-06-17

---

54. 陸風(おかかぜ)

歳月は切れ目無く来ては行くのだけれど…

昨日は先生がお亡くなりになり、今日は友が逝った

他国に留まり住んでも当たり前のこと…

55. 첫 여름

메 푸르고 가람 맑고 하늘 낮고 땅 찌고
어느새 봄은 가고 첫 여름이 찾아 왔네
그러리 바쁘다 한들 쉬어간들 어떠하냐

2012-06-12

---

55. 初夏(はつなつ)

青い山、清い川、高い空、肥えている
大地いつの間にか春が去り初夏の到来
旅人よ、そんなに急がないで一服如何(いかが)？

56. 간봄(6)

어디까지 닿았는지 한숨 쉬고 있을까

몸도 옷도 다 꽃이던 그 한때는 간데 없고

어딘지 알곳 없는 땅 더위만 가득차니

2012-06-12

---

56. 惜春(6)

何処まで着いたのだろうか、一息いれているだろうか

あちこちが花園だったが今は緑が蒼々(あおあお)

何処も彼処(かしこ)も火照った大地大地

57. 들여름

바위옷* 멋이니 장마가 오는구나

장마꽃* 갓 잠깨고 참아욱* 꿈결이니

먼 곳서 소리 지르는 하늘 울림 엿듣네

*바위옷: 이끼　*장마꽃; 일본 자양화(수국)　*참아욱: 무궁화

2012-06-21

---

57. 初夏

幽玄の青苔、間もなく梅雨入り

薔薇(ばら)が目をこすり、無窮花はまだ夢路の中

遠くで雷の音、目を閉じ耳を立てて聞く

둘째 매 (第二篇)

일곱째 가름

章の7

몸이 뜨거우면
식혀야하고
차면 데워야~
서해
아리랑
아리랑
아라리오
북쪽
남쪽
한류
난류
동해
4344/2011.6.26

58. 무대*

식히려 뒷쪽* 가고 데우려 마쪽* 가나

오르고 내리고 새쪽* 가고 갈쪽* 가도

언제나 한 집안이라 따사롭게 마주치네

*무대 : 해류
*뒤쪽 : 북쪽
*마쪽 : 남쪽
*새쪽 : 동쪽
*갈쪽 : 서쪽

2011-07-06

58. 潮(うしお)

火照(ほて)りを冷まそうと北に行き、温(あたた)めようと南に赴く

上り、下り、東に行き、西に行っても

出会えば錦繍の国土護る 鼎(かなえ)武者、いつも藹々(あいあい)

59. 바다

떠날 땐 바윗물이 모이니 어이 짜냐
모아서 하나 되면 마르지는 않으나
하늘에 못 닿아선지 무대되어 흐르냐

2011-07-06

---

59. 海

濫觴(らんしょう)も海に到って塩辛くなる
集まれば永遠に乾くことはないけれど
天には届かないのか潮(しお)となって 流れる

60. 얼(1)

다 살아 몸 마르고 다 늙어 몸 못 써도

둘없는 마음은 믿나라 거름 돼료

섬땅에 꽂혀 살아도 아리랑 피 자랑타

1987-01-01

---

60. 魂（1）

老いぼれ骨と皮になり、寝たきりになっても

一途に祖国の肥やしになる望み

島国に留まり住んでもアリランの血を誇る

61. 얼(2)

구위*가 미쳤으니 울고 불고 할손가
겨울 끝에 꽃이 피고 미친 불도 재가 되니
어째서 못 싸운다고 버티고만 있겠는가

*구위 : 정부

1987-01-01

---

61. 魂（2）

政府が狂ったからと諦めて何としよう
冬の果てに花が咲き、大火もやがて灰になる
どうして、勝ち目は無いと諦めるのだろう？

62. 얼(3)

밟혀서 여든 해요 바라서 마흔 해니
물뭍은 뛰려는지 한 걸음 쉬는데도
철 좇아 오는 뭇새는 다투지 않느나

1987-01-01

---

62. 魂(3)

踏みつけられ八十年、統一を望んで四十年
在日同胞はその日の為にいつも準備している
今年も渡り鳥は先を競わないで飛んで来る

63. 얼(4)

이승이 굽혀 돌아 미친 미르* 되었단들

나는 나니 어릴적 곱게 배운 뜻 버릴까

찍혀서 썩어 죽어도 밝검*을 믿으리

*미르 : 용
*밝검 : 단군

2015-01-01

---

63. 魂（4）

巷が狂った龍になったからといって

幼児期から真(まこと)を学んだ心を棄てられようか？

全身が傷だらけになっても檀君のみ信じて生きる

64. 얼(5)

온 해*를 짓밟히는 지렁이가 되어서도

내 맘은 밝검 맘* 짜개 밸*은 안 되리라

즈믄 해 두고 살아도 한얼*만을 지키리

*온 해 : 백년
*밝검 맘 : 단군정신
*짜개 밸 : 일본 사무라이 정신
*한얼 : 한국정신, 단군정신

1987-01-01

---

64. 魂(5)

百年も踏みつけられる蚯蚓になっても

理不尽な倭には屈しない

千年を生きながらえても花郎(ファラン)の魂を守る

65. 벗

물결은 어디 가나 믿고장 닿을 것을

그대는 바람인양 하늘땅 헤매느나

동강난 우리 믿나라 뜻 못 이룬 사내여라

2011-07-22

---

65. 朋(とも)

どの波も終(つい)には故郷の海に戻る

それでも君は風のように空と大地を飛翔する

ああ、分断祖国の悲痛に耐えるる韓(から)の丈夫(ますらお)

66. 나리꽃

올해도 또 찾아온 겨레의 얼이어라

더위를 이겨내는 너이기에 아름답고

먼길을 오는 갈빛*도 너인가 하노라

*갈빛 : 가을 빛

2011-07-25

---

66. 百合(ゆり)

今年もまた戻ってきた同胞の熱い願い

百合よ、炎天を生き抜くお前だからこそ

早春からずっと秋に向かって来たのだろう

67. 다 간 여름

땀버캐* 돋은 살에 한여름 그립고

밤 아침 더위를 좇아볼까 하느니만

여름은 멀고 먼 곳서 빙긋이 웃는구나

*땀버캐 : 소금이 말라 하얗게 무늬를 그린 것

2012-07-07

---

67. 惜夏

肌に吹き出した塩に炎天を思い出し

夜と朝の暑さを探して見たが

夏は去り初秋に隠れニヤッと笑っている

68. 부처님 오신 날

들메*에 봄이 오면 부처님 오시고

그분이 오실 밤은 하늘 땅이 밝고 밝아

믿는이* 맑은 믿음에 고운 내음 내리시니

*들메 : 들과 산

*믿는이 : 신도, 선남선녀

2012-07-07

---

68. お花祭り

野山に春が深まるとお釈迦様がいらっしゃり

その日は天も地も人々も明るく

善男善女に白檀の香りを施される

69. 날짐승 암굼*

그 뉘가 모르느냐 봄이 오면 뜨는 마음

풀나무 꽃 피우고 짐승도 암수 찾고

깊은 밤 터진 몸더위 꿈결을 가고 간다

*암굼 : 교미

2012-07-11

69. 鳥の交尾

誰でも知っている、春が来れば浮き浮きする事を

草木は芽を出し、花を咲かせ、雄(おす)は雌(めす)を探す

青春は愛に火照った心身を持て余す

70. 장마

낮인들 밤인들 온 밤낮 젖는 하늘 땅

가랑비랑 이슬비랑 다 지녀 가는 장마

어릴 적 소금 꾸러 간 그 꼴 곱게 뜨네

2012-07-19

70. 梅雨

昼も夜もずっと濡れている天地

小雨、霧雨が混ざり合い行く梅雨

幼い頃、「寝小便(おねしょう)塩借り罰」の日が浮かぶ

71. 꽈리

빠알간 빛깔에 누님이 돋아나고

쪼그르르 난 소리에 웃음이 나던데

이제는 남 첫여름*에 꽈리꽃이 피느나

*남 첫여름 : 일본의 첫여름

2012-07-23

---

71. 酸漿(ほおずき)

朱い袋の色は身罷(みまか)った姉の喜び

くるると鳴った音に笑みがこぼれた

三夏前、姉は召され、庭も残った朱い酸漿をつけている

둘째 매 (第二篇)

여덟째 가름

章の8

72. 남나라 불여름(1)

밭나라 서른 해니 나느*도 푸름이*니

남나라 벼슬 받아 도야지로 살잖도록

키워서 곱게 키워서 나랏일꾼 바치리

*나느 : 손자

*푸름이 : 젊은이, 청춘, 청년

2011-08-29

---

72. 日本の猛暑

異国暮らし三十年、孫も青年に

日本政府の食を食まないように育み培い

祖国の立派な働き手として生きてほしい

둘째 매 (第二篇)

아홉째 가름

章の9

73. 남나라 불여름(2)

어제는 아저씨 다음은 누가 갈지

간 얼은 갈 곳 없이 온밤을 헤매니

뒷마*는 왜 이렇게도 멀고도 또 멀까

*뒷마 : 남북

2011-09-21

---

73. 日本の猛暑（2）

日は叔父(おじ)が逝き、明日は誰が逝くのだろう

日本で身罷った方たちの霊が今も彷徨(さまよ)

南北はどうしてこうも遠いのか…

74. 꼬까나무*

가랑잎은 늙었는데 옷고슬* 아가씨니

찾은 이 발목 잡아 님 사랑 넘겨주네

타거라 활활 타고서 마쪽 겨레 아뢰어라

*꼬까나무 : 단풍나무

*옷고슬 : 향기

2011-09-21

---

74. 楓（もみじ）

枯れ葉は朽ちているけれど乙女の香り

見つけた枯れ葉を愛しの人へ渡し

熱く燃えて南の同胞に伝えてほしい

75. 회오리메(嵐山)*의 꼬까나무

불타듯 노을인 듯 온 메가 빨갰으니

멀고 먼 뫼 사이 는개*가 서릇서릇*

젊을 때 못 이룬 꿈이 맘 가람서 배 젓는다

*는개 : 안개보다 조금 굵고 이슬비보다 좀 가는 비
*서릇서릇 : 소리없이 흘러 퍼지는 모습
*회오리메(嵐山) : 일본 교토의 아라시야마(山)

2011-09-28

---

75. 京都嵐山の紅葉

燃えるような夕焼けに真っ赤な山々

深まり行く遠くの山脈に霧雨が舞い

青春時代の見果てぬ夢が櫓を漕ぐ

76. 벼락

늦더위 지나가면 먼 메는 높은 하늘

가람 바람 가볍고 갈쪽* 바람 오고마는

올해도 뒷마* 사이를 번개만 치느나

*갈쪽 : 서쪽

*뒷마 : 남북

2012-09-13

---

76. 雷（いかずち）

残暑が終わると空は高くなり

川風は軽くなり西風が吹いて来るが

今年も南北間には雷だけが騒がしい

4345
(2012)

77. 가을걷이

누렇게 머리 숙인 삶내음* 좋고 좋네

갈걷이* 끝나면 짐승들은 결잠* 드니

언제면 이어진 뒷마 다 함께 지내냐

*삶내음 : 다 익은 벼이삭 내음
*갈걷이 : 가을걷이, 추수
*결잠 : 동면

2012-09-13

77. 秋の刈り入れ

頭を垂れた黄金色の稲、臭いが香しい

秋の刈り入れが終われば山の獣は冬眠に入る

南北が自由に往来出来るのはいつの日か？

78. 허수아비

누군가 비웃으면 허수아비 불이 솟고

대밭에 우뚝 솟은 대나무는 봄이 한창

이 가을 누구는 울고 또 누구는 웃겠는가

2012-09-20

---

78. 案山子(かかし)

案山子を嘲(あざけ)ると案山子は鋭く睨(にら)み返す

竹林の大竹は春真っ盛り

この秋、誰が泣き、また誰が笑うのだろう？

둘째 매 (第二篇)

열째 가름

章の10

79. 바람밤

서러움은 쪼각 나라* 아쉬운 건 눈보라 밤

하늘 땅 헤는 달빛 이네는 어디 있고

예순을 다 바쳤어도 모자람은 남는구나

*쪼각 나라 : 분단국가

2011-10-13

---

79. 風の夜

悲しいのは分断された国、切ないのは吹雪の夜

天地を行き交う月光、私は何処にいるのか？

六十年を全て捧げたけれど道は遠い

80. 그믐밤

젖은 게 아니라 걸치고 있는 거다
그믐밤은 집안인걸 무엇 그리 바쁜가
온밤을 내리고 내려 밤끝을 찾는다

2011-10-29

80. 晦日(みそか)の夜

濡れているのではなく纏っている
晦日(みそか)は普通の事、何をそんなに急ぐのだろう
夜はゆっくり帳(とばり)を下ろし、除夜の鐘を聴く

81. 별밤

젊음을 자랑하던 옛날이 그립다들

되돌아 잡을손가 당겨서 쥘손가

오늘을 힘껏 사는게 새맛이라 하느리라

2011-10-29

---

81. 星の夜

若さを誇っていた時が懐かしいからと

引き返し掴めるのだろうか、握れるのだろうか

今日を真面目に生きる事こそが真(まこと)と思う

82. 달밤

보름이 밝을까 그믐이 어두울까

요까지 걸어온 길 길기도 하는구나

죽살이 기껏 쉰 해를 차근차근 다듬는다

2011-10-31

---

82. 月夜

満月は明るいと？新月だから暗いと？

今日までの歳月は短くはないが

人生、たかが五十年、静かにふり返って見る

83. 막걸리

막걸리 한 잔에 사나이는 꿈을 품고

짝사랑 아가씨는 눈물을 짓느니

밝검*은 어디 계시나 단 잠자린* 어디일까

*밝검 : 단군
*단 잠자리 : 좋은 잠자리

2012-10-02

---

83. 濁り酒

一杯の濁り酒に若者は夢を膨らませ

片思いの乙女は涙を流す

おお、檀君よ、両人の為の蜜月を施して下され

84. 큰 보름달

낮에는 솟아나고 밤에는 간 데 없고

또 보낸 이 해의 무거운 보름이라

그날은 새치를 태워 쥐불놀이 하자쿠나

2012-10-02

---

84. 小正月

昼には見えなくて夜にはいそいそと去り

そのように過ぎたこの歳の重い小正月

統一のその日、白髪を集め夜空高く焚き上げよう

85. 가윗철 움벼 *

온 논의 움벼 떼는 파랗거늘 어딜 가나

가을을 못 보고 겨울이 닥쳐 오면

말없이 숨지는 목숨 가엾기만 하느나

*가윗철 움벼 : 가을에 베어 낸 그루에서 움이 자란 벼

2012-10-12

---

85. 盆頃の早稲

早稲はまだ青く、いつ頭(こうべ)が垂れるのか

冷夏が長く、秋短く、冬が襲来すれば

早稲は抗弁も出来ず立ち枯れるのが哀れ

둘째 매 (第二篇)

열한째 가름

章の11

86. 밝검달 보름날

아침놀 돋았으니 저녁녘엔 비가 올지

밤에는 푸른 달 우악새 우악우악

꼬까는 즈믄 길 가나 골 길을 달려 가네

2011-11-30

---

86. 十月十五日

朝やけ、夕方には雨かも知れない

夜は青月(あおづき)、枯れ薄(すすき)が風にがさがさ騒ぐ

命薄い楓は万里の道を行くように急ぐ

87. 가는 가을 오는 겨울

첫 겨울 바람 사이 추워 떠는 나뭇잎들
햇빛은 못 닿아서 구름을 채찍하고
매미는 갈 곳 알고서 한나절 우는구나

2011-11-30

---

87. 行く秋、来る冬

初冬の風に寒さに震える木の葉
陽は遠くから遮る雲を吹き散らす
蝉は時を失い短い命の間を鳴いている

88. 가으내꽃

가을은 가으내꽃* 온 몸에 받아 들여

오늘도 밤을 새워 술독을 치고 치네

두둥둥 보름달 떴네 술맛이 으뜸이네

*가으내꽃 ; 가을내내 피는 꽃 코스모스(살사리꽃)

2012-11-01

---

88. 一秋中

秋の花を全身につけ飾り

今日も夜っぴて酒樽を叩く

ほらさ、満月が浮いたよ、酒だ、酒が一番だ

89. 다듬이

갈 가는* 밤 눈 감으면 어머니 다듬이

뚝닥뚝닥 맑은 소리 속마음 가셔 주고

이곳은 아닌 남의 땅 믿고장은 여기네

*갈 가는 : 가을이 가는

---

89. 砧(きぬた)

深まり行く夜、目を閉じると亡き母の砧を打つ音

タクタクと澄んだ音、心を洗ってくれる

ここは異国だけれど砧の音は故郷の音

2012-11-01

90. 철 새

철새는 기쁠거야 맘고장 왔다 갔다
겨레는 슬프네 못 오가는 맘나라
빨리들 그날이 와라 늙어 가는 이 몸이니

2012-11-01

90. 渡り鳥

候鳥(わたりどり)が羨ましい、故郷来帰は意のまま
同胞は悲しい、高い壁に遮られた南北
早く来い、私の余命は長くはない

91. 감

쑥스러워 그러느냐 밸 터진 꼴이냐
빠알간 얼굴은 불보다 뜨겁거늘
가는 갈 참아 못견뎌 살풀이 넘겨주네

2011-11-30

---

91. 柿

恥じらいの仕草なのか、怒りの血か
赤い肌は火よりも熱く
見るに見かねた秋は鎮めの舞を舞う

92. 까치밥(1)

남았느냐 남겼느냐 다 익어 떨어질 감
철에는 너나 없이 푸르름을 자랑터니
누구는 어딘들 갔나 남은 놈의 부끄럼야

2012-11-07

---

92. 烏(からす)の餌（1）

残ったのか、残したのか僅か数個
初夏までは皆青々していたのだけれど
見えないが何処に行ったのか、残存の面映ゆさ

둘째 매 (第二篇)

열두째 가름

章の12

93. 바둑을 두면서

죽이고 사는 것이 바둑이라 하건만

짓밟히고 눌려도 이겨 온 우리여서

오늘은 쥔 흰검 말*을 젊잖게 두느나

*흰검 말 : 흑백 바둑 돌

2011-12-31

93. 囲碁を打ちながら

殺し生きるのが囲碁ならば

蹂躙され、抑圧されても屈しなかった檀民族

今日は白石黒石を楽しみながら打つ

94. 나그네

나그네 한숨 쉬면 가랑 잎은 눈물지고
쉰 해를 살고 살면 난땅*도 멀고 멀어
두어라 죽고 죽어도 한얼만은 지키리라

*난땅 : 고향 땅, 모국 땅, 조국 땅

2011-12-31

---

94. 故郷を無くした在日同胞

失郷の同胞が嘆息吐けば落ち葉が涙ぐみ
五十年の異国暮らしに故郷は遠くなる
しかし、百回倒れても檀君の魂は守りぬく

95. 까치밥(2)

홀 남은 익은 감은 어디를 갈 것인지

발가벗은 가지 새를 설치는 고추바람

까치는 오나 안 오나 다 떨어지면 어쩌지

2011-12-31

---

95. 烏(からす)の餌（2）

残った一つの柿は何処に行くのだろう

葉を落としきった枝の間を北風が過ぎ去る

烏(からす)よ速く来い！それはお前の最後の分け前…

96. 되찾아 온 두루미

어디서 지냈느냐 무엇이 좋으냐

왔다 갔다 하는 사이 살도 피도 줄어 드니

찾은 땅 믿고장이면 뿌리쳐서 살아야지

2012-12-28

---

96. 戻って来た鶴

何処で過ごしたのか、何が良くて戻ったのか

往来すると肉が落ち、血も薄くなる

死ぬ迄一ヶ所に定住すれば良いよいのだが…

97. 고향 생각

먼 갈쪽 갈바람에 눈물만 쏟아나고

어릴 때 뛰놀던 어버이 믿고장을

오늘도 못 잊는 맘을 스스로 달랜다

2012-12-28

97. 故郷への思い

遙かの西から来る西風はを誘う

幼い頃遊んだ亡き父母の故郷を

熱く清く抱く誇りで自らを慰め

98. 가을 새암*

어제까지 부드럽던 작은 봄*의 낮이었만

올 아침은 핏대 올려 칼날을 세운 건가

빠알간 꼬까* 잎들을 달래려 휘든거냐

*새암 : 질투

*작은 봄 : 소춘, 24절기 '소설' 을 달리 이르는 말

*꼬까 : 단풍

2012-12-28

---

98. 秋の妬み

昨日まで小春日和の午後だったけれど

今朝は血筋を立て匕首(あいくち)で刃向かうのか

赤く燃えている紅葉を諌(いさ)めるためか

99. 겯* 미리내

쇠돌이*는 소 우리에 길쌈애*는 베틀 앞에

겨울 끝 하늘에는 미리내*가 호젓하니

봄에는 한 밑나라*를 죽도록 안고 싶네

*겯 : 겨울
*쇠돌이 : 견우
*길쌈애 : 직녀
*미리내 : 은하수
*밑나라 : 본국 조국 모국

2012-12-28

---

99. 冬の銀河

牽牛は牛の世話、織女は機を織る

冬の最果ては天の川が閑(しず)かだからこそ

春には統一祖国をしっかり抱きしめたい

100. 잠자는 메들

봄에는 온 메* 피고 여름엔 푸르싱싱

갈은* 타듯 메 줄기 흰옷 입어 결길* 가고

오가는 철 때 사이를 누가 가고 누가 올지

*메 : 산

*갈은 : 가을은

*결길 : 겨울 길

2012-12-28

100. 閑かな山波

春には全ての山が芽吹き夏には緑の衣

秋には燃えるような紅衣、冬には純白の衣

行く歳月の合間に誰が逝き誰が生まれるのか？

101. 가을철새

골 길*도 마다하고 제땅 가는 작은 새들
그들은 네 치 땅을 맘대로 오가는데
우리는 한 땅인데도 못 오고 못 가고

*골 길 : 만 길

2012-12-28

---

101. 秋の渡り鳥

千里の道も隣のように向かう小さな鳥たち
彼らには一里の道のりはお遊び
だが、南北同胞はお互い先には一歩も進めない

102. 미친 꽃

미쳐도 이렇게 안 미쳐도 저렇게
무어이 서러워 된 추위에 꽃피우나
그러리 미치지 않곤 내 삶이 있겠는가?

2012-12-28

102. 狂い咲き

狂ってもこの程度、狂わなくてもその程度
何が悲しくて真冬に花を咲かせるのか
そうだ、狂わなくてはとても生きられない

103. 잠자는 메

눈 걸친 메 잠자는지 새 눈을 안았는지
깊어가는 숲에는 찬바람 스쳐가도
다가올 새해 아침을 갖추고 있을거다

2013-12-02

103. 眠る山

ぼろ雪を引っかけた山、新雪を着たのか
寒さ増す森は北風が荒(すさ)んでも
来る新しい年の元旦迎えの準備をしている

104. 겨울 꾀꼬리

봄에는 그렇게도 아름다운 소리던데
이제는 무엇을 꿈꾸는지 걱정되네
봄가을 다 지나 가면 여름을 잊을까

2013-12-09

---

104. 錆(さ)びうぐいす

春にはうっとりする声だったが
今は姿も見せず何処で何をしているのだろう
ならば、秋が過ぎれば夏を忘れるのだろうか？

105. 그 날

내려 온 한밝 세 결* 치오르는 고장 생각

깊어가는 넓말 더기* 겨울 찾는 가야메*

그날이 달려 오느니 앉아만 있을 건가

*한밝 세 결 : 백두산의 겨울 석달
*넓말 더기 : 개마고원
*가야메 : 조국의 산

2013-12-16

---

105. その日

白頭颪(おろし)の冬三ヶ月、こみ上がる故郷

冬の蓋馬(ケマ)高原、冬を待ち焦がれる韓(から)の山波

統一のその日が来るのを座って待つだけか

106. 예수 오신 날

먼길을 오시는지 가까이 계시는지

귀빠지신 그날을 우리는 기리느니

즈믄해* 거듭 되어도 울 겨레* 지키소서

*즈믄해 : 2천년

*울 겨레 : 우리 민족

2013-12-23

---

106. クリスマス

今来られているのか、いらっしゃるのか

イエスの降誕日を世界の人類は賛美する

神よ、千年が三度でも我らを護り賜え

107. 으뜸 그믐*

한해를 보내고 또 한해 맞으니

죽살이* 일흔 살은 빛끝*이라 할까나

그래도 봄가을 밭은 새 겨레얼 돋느나

*으뜸 그믐 : 섣달그믐(가장 뜻이 큰 그믐이라는뜻으로 씀)
*죽살이 : 인생
*빛끝 : 살별(혜성)

107. 大晦日

一年を送りまた一年の始まり

古稀を迎え余生を彗星のように生きたい

けれど、四季の大地は青春を生み出している

108. 늦가을

갓꽃* 피니 가을이냐 철새 가니 겨울인가

물바다* 물결 위를 춤추는 가랑잎

사나이 아픈 짝사랑 그 누가 달래주나

*갓꽃 : 국화꽃
*물바다 : 호수

---

108. 晩秋

錆び菊は秋なのか、候鳥が帰り冬なのか？

晩秋の湖、寄せては返す波に踊る落ち葉

愛に破れた青年は誰が慰められようか

109. 범의 첫 얼음* 날

울 믿나라 범의 나라 토끼나라 아니거늘

불 꺼라 오늘은 어른 범 첫 얼음 날*

참범아 두 밭 빛* 쳐서 한 나라 이루자

*얼음(얼다) : 흘레, 교미

*첫 얼음 날 : 짐승이 커서 맨 처음으로 흘레한 날

*두 밭 빛 : 외국에서 들어온 숭미 사상과 숭소 사상

2014-12-01

---

109. 虎の初交尾

檀君の国は虎の国、兎の国ではない

灯を消せ、今宵は虎の初交尾の日

檀の虎よ、我らの力で統一を為し遂げよう

110. 겨울잠

온 겨울을 잠잔다고 비꼬지 말아요

그누가 겨울잠 자고싶어 자는건가

속태워 겨울 석달을 참으며 자는데

2015-12-21

---

110. 冬眠

長い冬眠だからと皮肉らないでほしい

誰が怠けたくて冬眠するものか！

したくはないが我慢しながら三ヶ月の冬眠だ

111. 길눈

눈 오면 아득 옛날 아빠는 눈 얘기

울 믿고장 섣달에 길눈*이 쌓면

오는 해 온것* 피어나 여름이 좋다들

*길눈 : 어른 한 사람의 키만큼 쌓인 눈
*쌓면 : 쌓이면
*온것 : 온갖 풀나무와 곡식들('온' 은 백)

2014-12-15

---

111. 三尺の雪

雪が降りだすと今は昔、父さんは雪のお話

「故郷の師走に雪が三尺積もれば

新年は五穀の稔りが良い」と

112. 한 밤낮*

긴 밤과 긴 낮 새를 천천히 봄은 오고

팥죽 내음 좋고 좋아 어머니 생각나니

마뒤*는 하나이* 되어 골 해*를 이어 가리

*한 밤낮 : 동지날
*마뒤 : 남과 북
*하나이 : 하나가
*골 해 : 만 년

2014-12-22

112. 秋分

冬至と夏至の間にゆっくり春は来る

母が炊いてくれる冬至の小豆粥

南北が一つになり万年を生き抜きたい

113. 한 그릇

선농단(先農壇) 알고 보니 진한 맛은 설렁탕

추운 겨울 설렁설렁 배 채우면 골길 간데*

못 먹어 눈물 돋으니 마누라도 같이 울고

*골길 간데 : 만릿길도 가는데, 먼길도 가는데

2014-12-29

---

113. 大晦日

「先農壇」、知ってみれば旨いソルロンタン

寒い冬、ふうふう吹きながら食べれば百里の道も楽々

その安いソルロンタンを食べられず妻も一緒に涙する

114. 한눈(대설)

이제는 한눈*이니 더불어 얼어 가고

가람*도 고요하게 얼음 밑을 흐르니

석달*을 가는 달일까 올 달*인지 헤어보네

*한눈 : 큰눈
*가람 : 강
*석달 : 겨울 석달
*올 달 : 오는 달

2015-12-07

114. 大雪

ああ、大雪、天地山川共に凍てつく

川も閑かに氷の下を流れ

冬三月、行く月なのか？来るつきなのか？

115. 가랑잎

섬나라 꼬까잎*은 검붉게 붙어 있고

그래도 가을이라 시들어도 끈덕지니

얼음칼* 맞설른지 오는 결*에 떠는건지

*꼬까잎 : 단풍잎
*얼음칼 : 된추위
*결 : 겨울

2015-12-14

115. 落葉

晩秋、日本の楓(もみじ)は枯れた葉がしがみついている

それでも秋なのかしぶとく落ちない

冬将軍に恐れをなして、吹雪が恐ろしくて

116. 한겨울*(冬至)

아득한 옛날이나 다간 날을 아니오라

어머님 끓이시는 팥죽내 삼삼하고

새알심 나이큼* 먹고 입싹 닦고 빙긋했네*

*한겨울 : 동지

*나이큼 : 나이 만큼

*빙긋했네 : 빙긋 웃었네

2015-12-21

116. 冬至

遙かの昔と言っても全て過ぎ去った過去ではない

亡き母が造った小豆粥の匂いが生々しい

つぶ餅を歳数だけ食べニャっとした思い出

셋째 매 (第三篇)

길이 빛날 얼넋과 삶
-고이 가신 강씨 순 스승님을 우러러 모시며-

永遠に輝く魂と生 - 追慕姜舜(カンスン)先生

흰옷

누더긴 아니오나 수수한 유럽 옷*에

언제나 가리온*을 자랑코 사셨으니

오늘도 날개 치시어 미리내를 노니시리

*유럽 옷 : 양복

*가리온 : 갈기가 검은 흰말

白衣の人

襤褸衣(ぼろぎ)ではなかったが質素な身なり

いつもカリオンのように誇り高かった詩人

今日も両翼を広げ銀河を逍遙していらっしゃるだろう

흰 그릇*

온밤을 술로 새워 해돋이 모르셔도

마음은 나라 보배 섬겨레* 으뜸던데

이제는 가까이 못할 옷고슬*로 남았으리

*흰 그릇 : 백자기
*섬 겨레 : 재일동포
*옷고슬 : 향기

白磁の人

夜っぴて鯨飲し日の出を知らない日の数々

けれど、心は至宝、在日が生んだ偉大な詩人

今は夜空の星となり芝蘭の香りを放っている

흰 범

나루와 여울을 건너셔서 가웃 온 해

타고난 노래뜻은 밝땅* 사랑 생각이니

끝끝내 꽃섬* 못 찾은 하 슬픈 범이어라

*밝땅 : 삼천리 금수강산 곧 우리나라
*꽃섬 : 강화도

白虎の人

青春時代、彎灘*を越え異国に半世紀

天性の詩想は望郷に溢れていたが

分断の悲しみ、故郷・江華島は遠く、孤高の白虎だった

*彎灘 : 江華彎と玄海灘

흰 메

하두야 고장 멀어 소리없이 우신 나날

그날이 너무 멀어 짜기만 하셨는데

흰메*의 걱개끝* 이냥 우뚝 솟은 삶이어라

*흰메 : 백두산

*걱개끝 : 백두산장군봉

병사봉4325(1992). 11. 03

白頭の人

故郷が遠く、泣き濡れて五十年

統一が現れては消えた日々に翻弄されたが

白頭山兵士峰のような雄々しい人生だった

4325(1992). 11. 03

訳:キム・リバク

넷째 매 (第四篇)

긴 바닥쇠 노래(사설 시조)

한 길

長い時調 真(まこと)の道

이 밤도 전주르는* 숨닿은 마파람은
넘으려 넘지 못해 뜨겁게 홰치고는
아득히 반짝이는 샛별을 마음한다

아침놀 가람 위를 뭇새는 넘나든데
오늘도 우뚝 솟은 피외침 말뚝말뚝
새짝과 갈짝 사이 눈물의 쇳줄쇳줄
말뚝은 썩어 들고 쇳줄도 다 썩는데
그래도 끊긴 채로 된짝과 맛짝이다

*전주르는 : 동작을 진행하다가 다음 동작에 힘을 더하기 위하여 한 번 쉬는

今夜も足踏する息切れした南風は
越えるに越えられず鋭い雄叫びを上げ
遙かに輝く新星を心に懐く

朝焼けの川面を群鳥は飛び交い
今日も立ち続ける血の叫びの杭の列
東西間の隙間の涙の有刺鉄線
杭は朽ち果て有刺鉄線も錆び付いているが
それでも分断されたままの北と南だ

못가는 된짝이요 못 오는 마짝이니
몇 해면 서른 해를 날달이 쉶고 쉶네

어느 때 된마 함께 춤추고 노래할까
어느 때 하늬 새를 밭갈이 하올손지

끊겨진 쇳길 끝을 핏방울 뚜욱뚜욱

기름진 뎟줄 땅은 풀떼만 우거지니
하늘의 소리개도 늙기만 하여서라

これ進めない北の地と越えられない南の地
数年後には三十周年だが切なく悲しい

いつの日に南北が一緒に歌を歌い踊れるのか
いつの日に南北が共に田畑を耕せられるのか

切れた鉄路の端を血の滴がぽたぽた落ちる

今や肥えた非武装地帯は雑草雑木が茂り
空飛ぶ鳶も老いている

물뭍이 맞붙은 곳 물결이 설레일 곳
저녁놀 곱게 가고 올밤에 번개치면
스스로 스쳐 오를 귀뚜리 우는 가을
반딧불 날아 드는 첫여름 가람내음

바깥놈 칼부림에 동강난 울 믿나라
참으면 그만 하지 무엇을 참다는지

견뎌서 마흔 해요 참아서 서른 해니
겨레는 몸부림치며 온 누리 외치느니

東海西海の海辺　寄せては返す潮騒
夕焼け美しく映え夜に雷が鳴れば
どこからか聞こえる蟋蟀の鳴き声
蛍飛び交う河面の初夏の水苔の臭い

米ソ二大国の玩具にされ分断された我が祖国
どれだけ堪え忍べばよいのか！

耐えに耐えた四十年、我慢を重ねて三十年
同胞は悶え、全土は叫んでいる

해마다 눈이 오고 얼음이 끼는 때면
온 겨레 마음에는 흐뭇한 따지기* 때
모두다 들꽃놀이 돋우는 즐거울 때

있고도 없는 된짝 가고픈 된짝 마을
오죽이 오고프냐 마고장 마짝 마을

두둥따 두둥둥둥 두둥땅 두둥둥둥
두둥땅 두둥둥둥 두둥땅 두둥둥둥
어허라 두둥둥둥 두둥둥 두둥땅땅

*따지기 : 얼었던 흙이 풀리려고 하는 이른 봄 무렵

かつては、雪が降り、川が凍ると
民は早春の農作準備に心を躍らせる時
野遊びを思う楽しい時

有って無い北の地、行ってみたい北の村々
さぞかし来たいだろう南の地と村々

どどん　どどんどん　どどん　どどんどん
どどん　どどんどん　どどん　どどんどん
えいや、どどんどん　どどんどん　どどんたんたん.

막아선 열두 고개 뉘 때문에 막아서나
참이는 간데 없고 거짓만 칼춤추고

외침은 멀리멀리 하늘 끝 뚫고 간데
땅 위는 고요해도 속속은 뜨거웁고
밤속을 주검가고 빗속은 횃불 간다
몽당*이 벼르어서* 볼메어* 가는 한길*

어제도 서로서로 된마를 부를 소리
하늘이 뚫어지듯 목매어 부를 소리

*몽당 : 늙은 몸
*벼르다 : 어떤 일을 이루려고 마음속으로 준비를 단단히 하다
*불메어 : 성이 나
*한길 : 오롯이 가는 큰길

遮る十二峠、誰のために遮るのか
誠の人は何処に行き、嘘だけが吹き荒れる

叫びは高い空を突いて行くのに
大地は静かでも心は熱く
暗い夜に屍は行き、雨の中を松明が行く
焼きを入れ、怒りを込めて進む真実の道

昨日も互いに南北を呼ぶ声
天が破れるほどに悲しい呼び声

글말이 하나이면 핏줄도 함께 이어
온이가 이은 땅을 바라고 바라는데
해달은 늙어 가고 물뭍도 여위지네*
된바람 울 된바람 마파람 내 마파람
믿나라 우리 믿나라 우리나라 내나라

*여위지네 : 줄어지네

文字もことばも一つ、血も一つ
全ての同胞が統一を望んで願っているのに
歳月は老い、国土も痩せて行く
北風、我が北風、南風、我が南風
祖国、我が祖国、我が国、私の国

발문

나는 한밝 선생만 생각하면 늘 부끄럽다

김 영 조
(신한국문화신문 발행, 편집인)

두 살 때 일본에 건너가 일흔 해를 넘겨 살면서도 우리말을 잊기는 커녕 커다란 토박이말 곳간을 가지고 계신 한밝 김리박 선생. 나는 지금도 선생과 처음 만났을 때를 가끔 떠올리곤 한다. 선생에게서 명함을 받고 눈길이 간 곳은 "손말틀" 한국에서는 거의 휴대폰이나 핸드폰 심지어는 영어로 hp라고 쓰는 사람도 많고 조금 우리말을 사랑하는 사람이라면 "손전화" 라고 쓰는 정도였다. 그런데 "손말틀" 이라니?

예전 외솔 최현배 선생이 살아계실 때 비행기를 "날틀" 이라고 했다. 그러나 이 '날틀' 은 크게 추임새를 받지 못하고 사라졌다. 하지만, 기계를 우리말로 '틀' 이라 하고 비행기는 날으니까 '날틀' 이 맞는 말이고 알기 쉽고 예쁜 말 아니던가? 그처럼 '손으로 가지고 다니면서 말을 하는 기계' 곧 '손말틀' 의 앞일을 알 수는 없지만 그럼에도 꿋꿋이 '손말틀' 을 쓰는 한밝 선생이 무척이나 존경스러웠다. 나는 귀국하자마자 있던 명함을 다 버리고 '손말틀' 로 다시 바꿔 찍었다. 같이 일하는 이들 것도 모두 바꿔주었다. 우리의 이런 작은 변화에 명함을 받은 사람들은 모두들 "신선하다, 예쁘다" 라고 하면서 좋아했다. 그러나 자신들의 명함에 까지 '손말틀' 로 바꾸는 사람들은 없었다. 하지만 이런 작은 일에서 시작하여 한밝 선생은 내게 커다란 영향을 주기 시작했다.

그뿐이 아니었다. 선생은 한결같이 토박이말로 만 노래(시조)를 짓는다. 거기에 더하여 우리 〈신한국문화신문〉에 일주일에 한 차례씩 노랫말을 보내주길 어느덧 250회가 넘었다. 이 얼마나 대단한 일이던가? 선생 덕에 많은 독자들이 토박이말로 된 향기로운 노래, 겨레의 마음을 꿰뚫는 노래를 만날 수 있었다. 그리고 횟수를 거듭할수록 토박이말을 제법 안다는 나마저도 모르는 말이 제법 많아 부끄럽게도 선생께 물어보아야만 했다.

그러나 그때마다 선생은 잘난 체 하는 것을 본 적이 없다. 늘 겸손할 뿐이다. 심지어 선생보다 어린 내게 편지를 보내면서 스스로를 아우라 한다. 노래를 보내면서도 토박이말을 잘 모르는 독자들을 위해 조금 고치고 다듬는다 해도 그건 편집자 몫이라면서 편한 대로 하라고 늘 이른다. 한 번도 짜증을 내거나 화를 내는 것을 본 적이 없다.

다만 조선인을, 조선학교를 푸대접하는 일본 정부는 용서하지 않는다. 지난 2013년 한여름, 재일조선학교 푸대접에 선생은 교토 시내에서 일인시위를 했다. "조선학교도 일본정부가 지원하는 게 당연하다." 면서 팻말을 들고 땀으로 범벅이 되면서 뜨거운 햇볕 속의 교토 시내를 누볐다. 그때 일로 건강을 해쳐 선생은 지금도 날이 쌀쌀해지기만 하면 앓고는 한다. 그래서 번개글(메일편지)이나 전화를 할라치면 먼저 건강부터 묻고 다른 얘기를 나누고 있다.

선생은 토박이말에서 더하여 한글 관련 일에도 소홀하지 않는다. 일본에서 한국에 건너오기가 쉽지 않은데도 해마다 한글날만 되면 꼭 서울로 날아와 한글날 기념식에 참석하고 한글날을 동지들과 함께 기뻐하며 지낸다. 그때마다 나와 생각이 같은 이들은 선생을 만나는 일에 들뜨곤 한다. 그리고 선생의 평생의 업으로 오사카부 히라카다시 교육위원회가 운영하는 한글(조선어)교실의 특별직 강사로서 지난해 3월까지 30여 해를 가르쳐 온 일은 널리 알려진 일이다.

그 누구보다도 올곧은 애국심으로 뭉친 삶 속의 선생은 앞서간 민족시인 윤동주를 기리는 일에도 열심이다. 해마다 2월 16일 윤동주 시인이 세상을 하직한 날이면 가까운 시인들과 함께 잊지 않고 추모제를 지낸다. 그걸 알고 우리 몇 사람은 그 추모제에 참석한 적도 있고 가지 못하면 추모글을 보내기도 했다.

그뿐 아니라 선생과 우리는 더 끈끈한 정으로 뭉치게 되었다. 선생의 호 한밝에 반한 나머지 선생을 따르는 우리들도 돌림처럼 "한" 자를 앞에 둔 호를 지어달라고 부탁하여 한갈, 한꽃, 한울 같은 고운 호를 받아 자랑스럽게 쓰고 있다.

선생은 이런 말도 들려주었다. "한국의 한 대학에서 강연을 요청해와 원고를 써서 보냈더니 토박이말 일색이어서 너무 어렵다며 한자말을 섞은 원고로 다시 고쳐서 보내달라고 했습니다. 그래서 나는 한 마디로 없던 일로 하자고 말했습니다. 평생의 신념으로 쓰는 토박이말을 쓰지 말라니 그런 강연은 차라리 않는 게 났겠다고 했더니 그 대학에서는 어쩔 수 없다는 듯 그대로 진행했습니다." 이렇게 소신을 가지고 신앙처럼 토박이말을 쓰는 것은 물론 다른 이들에게까지 펼치고 있으니 어디 선생보다 우리말을 더 사랑하는 이가 있을 수 있으랴?

한국어를 모국어로 쓰는 한국인들조차 지금 어려운 한자말이나 외국어 쓰기에 혈안이 되어 있다. 마치 그것이 유식하다는 것을 자랑하는 것인 양 말이다. 그러나 말과 글은 소통일진대 이해하기 어려운 말을 쓰는 것이야말로 자기 잘난 체에 다름 아니다. 절대군주이면서도 자신의 권위를 내려놓고 백성과의 소통을 위해 한글을 만드신 세종임금의 정신을 외면하고 어쩌면 사대주의 근성을 자랑하는 꼴이 된 것이다.

그런데도 남의 나라에서 일흔 해를 살면서도 모국어를 잊어버리기는 커녕 오히려 모국에서 평생을 사는 이들보다 더 많은 토박이말을 알고 또 그것을 삶에서 실천하는 선생은 늘 내게 부끄러움을 안겨 주고 있다. 그래서 나는 언제나 선생을 생각하면서 선생의 티끌만큼이라도 토박이말 사랑을 삶과 일에서 담아내려 애쓰고 있다. 그러기에 나는 이번 선생의 노래말책을 펴냄이 그렇게 기쁠 수 없다. 한국과 일본 두 나라에서 이 노래말책을 찾는 이들이 벌 떼처럼 달려들기를 간절히 비손한다.

단기 4349년 진달래꽃이 흐드러진 봄날 서울 메주가맛골에서
한갈 김영조

跋文

キム・リバク詩人を思う度(たび)に自分が恥ずかしい

新韓国文化新聞（電子版）発行・編集人 キム・ヨンジョ
訳：秋山一郎

解放前の満二歳の時に日本に渡り七十間年も在留しながら韓国語を忘れず、単なる漢語韓国語辞書でない大きな韓国固有語櫃(ひつ)を持つキム・リバク詩人。筆者は今も氏と最初に出会った時の事を時々思い出す事がある。氏から名刺を頂いて真っ先に目に入った文字は「손말틀（携帯電話）」だった。韓国では殆ど「携帯フォーン」や「ハンドフォン」、甚だしくは英語でHPという者も多く、比較的韓国語を大事にする人すら「손전화（手(て)電話）」と呼ぶ程度だ。それにも拘わらずキム・リバク氏が「손말틀（手(て)話(はなし)器(からくり)）」とは？

かつて、近代韓国語文法の集大成者であるチェ・ヒョンベ先生はご生前の頃、飛行機を「飛ぶからくり」と名付けた。しかし、「飛ぶからくり」は一般的に受け入れられず普及せず消えたしまった。とはいっても機械を韓国語で「틀（からくり）」と言い、飛行機は飛ぶので「날틀（飛ぶからくり）」と言うのは間違ってはいなく、わかり易く綺麗な言葉であったのだが？　氏のそのように「手に持って話すからくり」即ち「手話からくり」とした経緯は知るよしも無いが、にも拘わらず堂々と「손말틀（手(て)話(はなし)器(からくり)）」と使っているハンバク氏にとても親愛感を感じた。

筆者は韓国に帰国するやいなや使っていた名刺を全て破棄し携帯電話を「손말틀（手(て)話(はなし)器(からくり)）」に変え新しく作り替えた。職場の同僚の名刺も全てそのように新しく作り替えた。

知人たちの反応どうだったろうか？　意外にも多くの知人たちは「新鮮だ、いける」との評価だった。しかし、名刺を直ぐに新しく作り直す事にはならなかった。その時以来ハンバク氏は筆者に大きな影響を与え始めた。

それだけではなかった。氏は一途に「非漢語」韓国語だけで時調を創作する。その上に　筆者が発行・編集する「新韓国文化新聞（電子版）」に週に一首ずつ作品を送って頂いて以来いつの間にか250首が越えた。実に素晴らしい事と言える。その間、多くの読者が「非漢語」韓国語で創作された香しい時調、韓民族の心を揺れ動かす詠に出会うことが出来たと言える。そして、回数を重ねる毎に「非漢語」韓国語をそれなりに知っていると自負する筆者ですら初めて見聞きする言葉が少なからずあり、時には恥を忍んで解説を乞う事もあった。
しかし、その度に氏は傲慢な態度を吹かした事は一度も無かった。いつも謙虚だった。それればかりではなく、氏よりも後輩の筆者に書簡の末尾には必ず自分自身を、弟（てい）・キム　リバクまたは弟（てい）・ハンバクと署名してくる。
氏の創作時調をみて筆者が見慣れていない「非漢語」固有韓国語を発見すると、「非漢語」固有韓国語にまだ深く馴染んでいない読者のために少し手を加えても「それは編集者の思いやりです。どうぞ宜しくお願いいたします」と優しく話す。まだ一度も嫌みや皮肉や小言を言われた事が無い。
しかし、そのような寛大な氏も在日朝鮮人と朝鮮学校を差別・冷遇する日本政府や地方行政体に対しては辛辣な批判を浴びせる。2013年の夏、朝鮮学校への差別・冷遇に対し氏は京都市内の中心街を練り歩く無言一人デモを敢行した。「朝鮮学校も日本政府が支援するのは当然の事だ」と訴え、思いプラカードを掲げ汗まみれになりながら炎天の市内を歩いた。その後遺症と交通事故の後遺症が重なり、氏は天候が崩れ、気温が下がると強い痛みや重い倦怠感を強く感じるという。それで、所用で氏にメールや電話をする時は先ず健康状態を尋ねた後に本題に入る。体調が勝れないとリハビリを受けに通院し、また、日帰り温泉やサウナに通うので時々電話に出られない時がある。そのような時は仕方ないと思いながらも気になって仕方がないが何も手助けできないが辛い。
氏は「非漢語」固有韓国語に加えてハングル関連する事にも関心と注意を傾ける。韓国と日本は近い隣国だが行き来する事は口で言うほど簡単

を傾ける。韓国と日本は近い隣国だが行き来する事は口で言うほど簡単ではではない。しかし、韓国で毎年行われる国慶節・「ハングルの日」の祝典には必ずソウルに参席し同人たちと楽しい一時を過ごす。その時は筆者と意を同じくする仲間は氏と和気藹々の交歓を楽しんでいる。
氏の活動はそればかりではなく、大阪府枚方市教育委員会の特別職講師として昨年の三月まで朝鮮語教室で三十有余年間指導していたことは広く知られている。従って、在日韓国人・朝鮮人だけではなく日本人受講修了者も多数いる。その受講修了者が韓国を訪れる際は筆者らに「彼らの世話を宜しく」と依頼される。その依頼は一度や二度ではないが筆者等はその接待を我が教え子を迎えるように嬉々として行った。ハングル学習が結んでくれた縁が広がり深まっていると言える。
氏は詩人でありながらも時調歌人でもあるので戦前、福岡刑務所で獄死したユン・ドンジュ詩人を追悼する「日韓詩人、ユン・ドンジュ詩人を追悼する会」にも日韓共同代表として熱く参画している。毎年二月十六日、ユン・ドンジュ詩人が獄死した日には行われたその会に筆者等の代表が数名出席したことがあり、諸事情で出席が困難な時は追悼文を送った事もあった。
それだけではなく、氏と筆者等はより熱く強い絆で結ばれている。氏の号「한밝 (ハンバク)」が素晴らしいと感じた筆者等も非漢語固有韓国語で、それも「한 (偉大・真・唯一・大空等)」字を一字いただき「한갈 (耕作・研究等)」、「한꽃 (大きな花・麗しい花・立派な花等)」,「한울」(天・神・神垣・神域等) のような麗しい号を誇りに感じて使っている。
数年前、氏から次のようなエピソードを聴かせて貰った事がある。「韓国の或る大学から講演を依頼され原稿を送ったのですが原稿が「非漢語」固有韓国語一色だったので『学生たちが読解・理解困難のため漢語混じりに直して頂けないか?』との依頼を受けましたが、私は文学部の講演依頼なので情け無く、また悲しくなって『では、依頼は無かった事にしましょう』と答えました。それは、生涯、「非漢語」固有韓国語を守る事を使命としている私に対し、漢字混合文に直してほしいとの要請は私と韓国語に対する侮辱と思い、拒否したのです。この強い姿勢に大学側は最終的に理解を示し承諾してくれました」と。

キム・リバク詩人はこのような信念を抱き殉教者のように「非漢語」固有韓国語を守り使う事は言うまでもなく他の人々にもそれを願い実践しているので韓国語を愛する希有な人と評価してはいけないだろうか?

昨今、韓国語を母国語として使っている韓国人ですら生半可な漢語や外来語を自慢たらしに使う傾向に有る。恰もそうすることが知識人で教養人であるかのように錯覚している雰囲気だ。しかし、言語は意思の疎通が大事で疎通困難な言葉を使うのは無教養人で有る事と知るべきであろう。

絶対君主でありながら自らの権威を振りかざさず民百姓との交歓・交通のために「ハングル」を創造された世宗大王の精神を無視し、事大根性に屈服する姿勢態度の表明と同類なのだが。

それにしても祖国から遠く離れた他国で七十有四年も居住しながら母国語を忘れる事無く、それよりも生涯母国に居住する同胞よりもより多くの「非漢語」韓国語を知り、そればかりではなくそれを生活で生かしているキム・リバク詩人は私に嬉しい辱めを与えてくれている。それ故に筆者はいつも氏を思い抱き、氏の「非漢語」韓国語を愛し守る信念を生活と仕事の両面に生かそう努力している。

それ故に、今回の氏の第四時調集上梓を誰よりも嬉しく思っている。日韓両国でこの時調集を多くの人々が愛読してくれることは切に願って已まない。

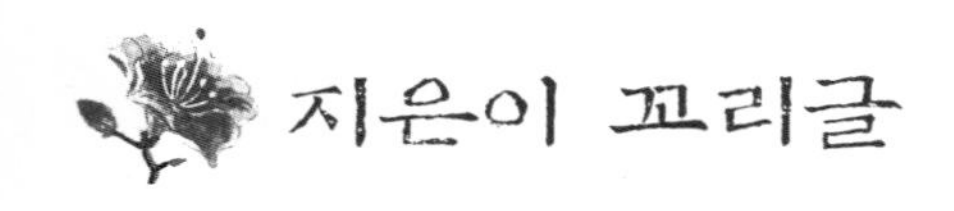

지은이 꼬리글

한밝 **김리박**

이 넷째 치 바닥쇠 글노래 묶음(시조집) "울 핏줄은 진달래" 는 지난날 찍어낸 여러 글노래 날미(시집 책)들과는 안속이 아주 다르다.

곧 이 바닥쇠 글노래(시조)에는 한 낱말도 한 마디도 되나라 꼴글말(한자말)을 쓰지 않았고 지난날에 써 찍었던 꼴글 말도 모조리 우리 바닥쇠 말(토박이말)로 바르게 잡아 새삼스레 실었다. 두루 알려져 있는 바와 같이 우리 바닥쇠 글노래는 우리 한겨레의 얼 삶이며 아름다움이자 슬기이며 힘이기 때문이다.

아무리 똑똑하다 해도, "하늘은 높고 넓다" 고 해야 우리 한겨레의 가슴뜀(고동) 소리요 숨이지만 "天(천)은 高(고)요 廣(광)이라" 라고 한다면 어디에 한겨레 핏맘(정서)이 있으며 또한 참 슬기가 있겠는가?

그러나 이 바닥쇠 글노랫꾼이 이런 바른 뜻을 품게 된 것은 부끄러우나 그리 오래 되지 않고 겨우 한 15해 쯤 밖에 안된다. 자랑스러운 우리 한글학회가 덜되고 덜 배운 이 글노랫꾼을 달게 받아 준 된 뒤에서부터 생각하고 지지게 된 것이다.

그 생각과 뜻을 품고 이 길을 나아 가는 것은 쉽지가 않았고 바람이 뒤에서 밀어 주는 것도 아니었으며 걸림돌이 한두 가지가 아니었다. 그 가운데서는 허물없이 사귀는 벗 속에 "그건 개똥까지도 우리 것이 으뜸이다고 다짜꼬짜로 우겨대는 아주 못된 악지(국수주의)야!" 라고 달려 드는 이가 있는가 하면 "많은 사람이 거의 안 쓰는 케케묵은 말을 함부로 쓰는 것은 뱀뱀(교양)을 지닌 사람이 하는 짓은 아니다" 하고 꾸짖는 이도 있었다.

그래도 제자리 걸음은 할 수 없었고, 아니 옳고 바른 길이기에 나아갈 수 밖에 없었고 나아 가야만 했고, 나아 갔다. 그 열매가 이 바닥쇠 글노래 묶음 "울 핏줄은 진달래" 여서 남모르게 자랑으로 여기고 있다.

굳믿음(신념)을 품고 나아가니 앞선 큰 스승님들이 많이 계시었다. 그 스승님들 가운데에 돌아가신 정재도 스승님과 이오덕 스승님이 계시었는데 그 두 분은 오늘까지도 또 죽을 때까지 줄곧 이 덜된 글노랫꾼의 거울이신 분이고 그른 길을 가거나 비틀비틀 가거나 할 때 바로 잡아주시는 고마운 채찍을 주시는 분으로 여기고 있다.

끝으로 이 15해 동안에 고맙게 보고 배운 분의 이름과 낱말 모음, 말모이, 말광, 말갈 깊이 날미들을 가리새 없이 올려 놓고 깊이 머리 숙여 고마움을 드린다.

한글학회 "우리말사전(1995)", "우리말 토박이말 사전(2002)", 문세영 "수정 증보 조선어사전(1949)", 유창돈 "이조어사전(1974), 양주동 "증정 고가연구(1977)", "여요전주(1987)", 홍기문 "향가해석(1956), 류 열 "향가 연구(2003)", 남광우 "고어사전(1 997)", 이상보 "한국

가사문학의 연구(1974)", 리형태 "조선동의어사전(1990), 조선어연구회 "조선말의성의태어사전(1971)", 김정섭 "아름다운 우리말 찾아쓰기 사전(1998))", 김형규 "고가요 주석(1976)" "한국방언연구(1982)", 이기문 "속담사전(1976), "국어어휘사연구(1995)", 정재도 "국어 사전 바로잡기(2001)", 남영신 "새로운 우리 말 분류 대사전(1994)", 정태진 "고어독본" (2004), 서정범 "국어어원사전(2003)", 심재완 "시조 대전(1984)", 장삼식 "한한대사전(1997)", 안옥규 "우리말의 뿌리(1994)", 이윤옥 "오염된 국어사전(2003)", 김영조 "하루하루가 잔치로세(2011)", 김승곤 "문법적으로 쉽게 풀어 쓴 논어(2010)"

덧붙이고 싶은 이가 있는데 그 분은 배곳(학교) 우리말 스승으로 요 앞 몇 해부터우리 바닥쇠 말(토박이말)을 땀 흘리면서 찾아내어 좋고 맑고 아름답고 든든하고 쓰기 좋은 새말을 내놓고 있는 이창수 님인데 우리의 자랑이므로 여기에 힘주어 적어 놓는다.

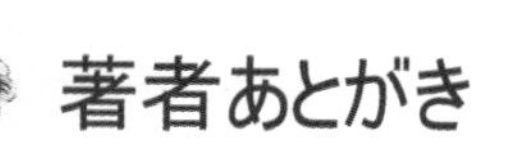

著者あとがき

ハンバク キム・リバク
訳：秋山一郎

この第四時調集「永遠の躑躅」は過去に上梓した諸時調集と比較した場合その表記において顕著な変化を読み取る事が出来よう。
すなわち、この第四時調集には一句一言といえでも漢語は使われていない事と過去の作品から転載した作品も全て改めて「非漢語」純韓国語に正して掲載している。周知のように「時調（シジョウ）」は韓民族の魂であり美であり智慧でもあるからだ。
「そらは　たかく　ひろい」と感じて漢語でない純韓国語で詠えば、韓民族の鼓動と息吹とが生き生きと表現されていると言えるが、そうではなく、「天（てん）は高（こう）にして広（こう）す」と詠めばその何処に韓民族の情緒が有り、また豊かさが有るといえようか？
しかし、恥ずかしい事だがこの自明なことを著者が確信したのはようやく１５年ほども前からの事だ。
韓国語研究と実践団体として韓国最古の歴史と伝統を誇る最高学府としての「ハングル学会」会員として加盟した以降の事だ。
けれど、この思いと誇りを持ってその道を進むことは容易ではなかったばかりではなく順風満帆の出発でもなく、頑強な障害が目の前に立ちはだかった事が一度や二度ではなかった。そのような中でも気の置けない友人から「それは国粋主義だ！」と猛烈な勢いで攻撃された事も有り、他の友人は「今では殆ど人が使わない死語に近い言葉をやたらと使うのは教養人のする事ではない」と切り込んで来たりもした。
しかし、足踏みする事は出来ず、寧ろ、正当な道であり、真理の道なので進むより他はなく、進まなければならず、突き進んだ。その一つの結晶が今回上梓したのが「永遠の躑躅」だと密かに自負している。

信念を持って進んでみると先達諸先生が綺羅星の如く多くいらっしゃった。その中でも今は亡きチョン・ジェド、イ・オドク両先生は今までもそうだったが今後共末永く未熟なこの筆者の鑑であり、愛の鞭として私淑して行く気持ちでいる。
末尾になったがこの１５年に有り難く学ぶ事が出来た方々のご芳名と著作の一部を列挙し謝辞としたい。
ハングル学会編「韓国語辞典（上・下）1995」、「非漢語純韓国語辞典 2002」、ムン・セヨン「修訂 増補 朝鮮語辞典 1949」、ユ・チャンドン「李朝語辞典 1974」、ヤン・ジュドン「増訂 古歌研究 1977」、「麗謡箋注 1987」、ホン・キムン「郷歌解釈 1956」、リュ・ヨル「郷歌研究 2003」、ナム・クァンウ「古語辞典 1997」、イ・サンボ「韓国歌辞文学の研究 1974」、リ・ヒョンテ「朝鮮語同義語辞典 1990」、朝鮮語研究会「朝鮮擬声擬態語辞典 1971」、キム・ジョンソプ「美しい純韓国語検索辞典 1998」、キム・ヒョンギュウ「古歌謡注釈1976」、「韓国方言研究 1982」、イ・ギムン「俚言辞典 1976」、「韓国語語彙史研究 1995、ジョン・ジェド「韓国語辞典校正 2001」、ナム・ヨンシン「新しい韓国語分類大辞典 1994」、チョン・テジン「古語読本 2004」、ソォ・ジョンボム「韓国語語源辞典 2003」、シム・ジェワン「時調大全 1984」、チャン・サムシク「漢韓大辞典 1997」、アン・オッキュウ「韓国語の語源 1994」、イ・ユノク「汚染された韓国語辞典 2010」、キム・ヨンジョ「毎日が祭りだ 2011」、キム・スンゴン「文法的に優しく解説した『論語』 2010」そして、この数年前から新新の韓国の或る韓国語教師が「非漢語」純韓国語を額に汗しながら探し出し、素晴らしく、澄み、麗しく、健常で、使いやすい新語を発表しているイ・チャンス氏の存在は我らの誇りであることを強調し記しておきたい。

울 핏줄은 진달래

초판 1쇄 2016년 6월 20일 펴냄
지은이 | 김리박
일본말 옮긴이 | 秋山一郎
표지디자인 | 이무성 화백
편집디자인 | 이준훈 〈엘제이디자인〉
박은이 | 최문상 〈인화씨앤피〉
펴낸이 | 이윤옥
펴낸곳 | 도서출판 얼레빗
등록일자 | 단기4343년(2010) 5월 28일
등록번호 | 제396-2010-000067호
주소 | 서울시 영등포구 영신로 32 그린오피스텔 306호
전화 | (02) 733-5027
전송 | (02) 733-5028
누리편지 | pine9969@hanmail.net

정가 22,000원

※ 책과 관련해 궁금한 점은 언제라도 연락 주십시오.
※ 잘못된 책은 바꿔드립니다.